OETINGER TASCHENBUCH

W0207953

Thomas Schmid, 1960 in Landshut / Bayern geboren, wollte als Kind entweder Stuntman oder Schriftsteller werden. Zum Glück entschied er sich, Literatur-, Theater- und Kommunikationswissenschaften zu studieren und freier Autor zu werden. Heute schreibt er Geschichten für Kinder und Jugendliche, Drehbücher für Film und Fernsehen sowie für den Hörfunk. Er lebt mit seiner Frau und seinen drei Kindern in Niederbayern.

Thomas Schmid

Die Wilden Küken

Endlich Ferien!

Mit Illustrationen von Edda Skibbe

Oetinger Taschenbuch

Außerdem bei Oetinger Taschenbuch erschienen:

Die Wilden Hühner (Band 1)
Die Wilden Hühner auf Klassenfahrt (Band 2)
Die Wilden Hühner – Fuchsalarm (Band 3)
Die Wilden Hühner und das Glück der Erde (Band 4)
Die Wilden Hühner und die Liebe (Band 5)

Die Wilden Küken (Band 1)
Die Wilden Küken – Echte Freundinnen (Sammelband)

FSC
www.fsc.org
MIX
Papier aus verantwortungsvollen Quellen
FSC® C014496

Sonderausgabe
1. Auflage 2017
Oetinger Taschenbuch in der Verlag Friedrich Oetinger GmbH,
Poppenbütteler Chaussee 53, 22397 Hamburg
Juni 2017

Einband- und Innenillustrationen: Edda Skibbe
Druck: GGP Media GmbH,
Karl-Marx-Straße 24, 07381 Pößneck, Deutschland
ISBN 978-3-8415-0092-2

www.oetinger-taschenbuch.de

Der Fahrtwind strich durch Lillis Haare. Sie legte sich in die Kurve und trat in die Pedale. Durch die Sonnenbrille sah die Welt seltsam fremd und vertraut zugleich aus. Entfernt schlug die Turmuhr und Lilli beschleunigte ihr Tempo. Die etwas zu große Brille rutschte auf Lillis Nase und ein Streifen grelles Tageslicht stach ihr in die Augen. Lilli streckte den Arm aus und bog ab Richtung Sportzentrum. Sie überquerte den abgeflachten Bordstein, fuhr die abschüssige Zufahrt hinunter und bremste mit pfeifendem Hinterreifen.

»Na endlich!« Bob und Very grinsten Lilli an.

Keine Handbreit vor ihnen sprang Lilli völlig aus der Puste vom Fahrrad. »Wo ist denn Enya?«

»Hier!« Enya schlängelte sich zwischen den Fahrradständern hindurch. »Die Räder der Jungs sind jedenfalls alle drei da!«

Wie vor jeder Geheimaktion der *Wilden Küken* fragte Lilli zuerst nach dem Passwort.

»Camouflage!«, antworteten Very und Enya wie aus einem Mund.

Nur Bob schüttelte etwas genervt den Kopf. »*Mamma mia,* Oberküken! Du und deine Passwörter!« Aber Lilli schaute Bob nur auffordernd an. »*Camouflage*«, sagte Bob und verdrehte die Augen. »Was heißt denn das überhaupt?«

»Tarnung!« Enya holte ein paar Haarklammern aus der Hosentasche und steckte sich ihre schwarzen Haare hoch.

Very klopfte auf ihre Armbanduhr. »Das Basketballspiel endet in zehn Minuten!«

»Gelatino meinte gestern, es gibt sicher keine Verlängerung«, bemerkte Bob. »Und der muss es ja wissen, schließlich ist er der Schiedsrichter.«

Lilli kettete eilig ihr Fahrrad neben den Rädern ihrer Freundinnen an den Zaun.

»Hey, Lilli!« Very grinste. »Coole Sonnenbrille!«

»Die gehört meinem Dad.« Lilli blickte zu Enya. »Und? Hast du die Sachen?«

»Alles dadrin.« Enya schnallte eine prall gefüllte Sporttasche von ihrem Gepäckträger. »Fragt sich nur ...«, ihr Blick wanderte über die vielen parkenden Autos, »wo wir uns umziehen.«

»Vielleicht dahinten?«, schlug Bob vor und zeigte auf die Büsche hinter einer Parkbank. »Oder in der Telefonzelle da drüben?«

»Ich zieh mich doch nicht hier draußen in freier Wildbahn um.« Very tippte sich an die Stirn.

»Hier lang«, entschied Lilli und drückte die Tür zum Sportzentrum auf.

Die *Wilden Küken* folgten dem Korridor und verschwanden in der nächsten Damentoilette.

Enya öffnete ihre Sporttasche. »Ich hab den halben Kleiderschrank von meinem Bruder dabei.« Sie reichte Very eine schwarze Strickmütze, warf Bob eine abgewetzte Lederjacke über die Schulter und drückte Lilli eine tarnfarbene Cargohose in die Hand.

»Pscht.« Lilli legte den Finger an die Lippen. »Da kommt jemand!«

Wie auf Kommando zwängten sich alle vier *Wilden Küken* zusammen in eine Klokabine.

Von draußen hörte man zwei Frauen kurz miteinander reden und das Geräusch eines laufenden Wasserhahns.

Very hielt Lilli ihre Armbanduhr unter die Augen. Das Basketballspiel endete gleich. Wenn sie die *Grottenolme* noch rechtzeitig abfangen wollten, mussten sie sich beeilen. Hastig nestelten die *Wilden Küken* an Knöpfen, Reißverschlüssen und Gürteln. Eingeklemmt zwischen Verys spitzer Schulter und Bobs verschwitztem Kopf, versuchte Lilli gerade, Rücken an Rücken mit Enya, ihren Arm in den Ärmel eines karierten Hemds zu stecken, da ging der Verschluss ihres Armkettchens auf.

»Beweg dich nicht!«, zischte Lilli und griff blitzschnell in Bobs Kragen. »Hab sie.«

»Eine Spinne, oder?« Bob schüttelte sich vor Ekel. »Wirf sie ins Klo!«

»Spinnen sind auch Lebewesen«, empörte sich Enya sofort.

Very stülpte sich die Strickmütze über die blonden Haare. »Seit du Vegetarierin bist, tickst du nicht mehr richtig. Bei meiner Mutter war das auch so.«

Lilli hielt Bob die geschlossene Hand unter die Augen und öffnete sie langsam, während Bob sich immer weiter nach hinten gegen Very presste.
»Nur mein Armkettchen, du Angsthase!«
Bob, die mit der Lederjacke wie ein etwas zu klein geratener Rocker aussah, entspannte sich wieder.
»Unsere Hühner würdet ihr doch auch nicht essen, oder?«, fing Enya wieder an.
»Aber ihre Eier«, erwiderte Bob.
Während ihre Freundinnen weiterdiskutierten, welche Tiere man essen durfte und welche nicht, legte Lilli sich das Armkettchen wieder ums Handgelenk. Nachdenklich strich sie über die eingravierten fünf Buchstaben. *LILLI*. Und wie immer musste sie dabei an fünf andere Buchstaben denken. *NADJA*. So hieß Lillis Mutter. Nadja hatte Lilli und ihren Vater schon bald nach Lillis Geburt verlassen und sich seither nicht mehr gemeldet. Aber letztes Weihnachten bekam Lilli dann ein Päckchen mit diesem Namenskettchen darin. Erst wollte sie einen Brief schreiben, um sich bei Nadja für das Geschenk zu bedanken, aber Lillis Vater meinte, Lilli sollte keine alten Wunden aufreißen und lieber alles so lassen, wie es war.
»Enya, hilf mir mal mit dieser beknackten Weste!« Very suchte vergeblich nach dem Ärmelloch. »Dein Bruder leidet echt an Geschmacksverirrung!«
Nach etlichen Verrenkungen hatten die *Wilden Küken* endlich die Sachen von Enyas Bruder an und verstauten dafür ihre eigenen in der Sporttasche.
So gut es ging, stopfte Lilli ihre rotbraunen Locken un-

ter die Baseballkappe, deren Schirm sie nach hinten gedreht hatte. »Okay, dann kommt jetzt Phase zwei!« Lilli setzte die Sonnenbrille wieder auf. »Und denkt dran: Kein Wort! Nicht, dass die *Grottenolme* uns an den Stimmen erkennen!«

Die *Grottenolme*, das waren Ole, Little und Mitch. Und genau wie Lilli, Bob, Very und Enya waren die drei eine Bande.

Normalerweise legten es die Jungs von der Grottenolmbande immer darauf an, den *Wilden Küken* eins auszuwischen, was ihnen die *Wilden Küken* dann natürlich doppelt heimzahlten. Aber inzwischen neigte sich die erste Ferienwoche schon ihrem Ende zu und noch immer war nichts passiert. Schon sehr verdächtig lange hatten die *Grottenolme* den *Wilden Küken* keinen dummen Streich mehr gespielt, und jedes Mal, wenn sich die *Wilden Küken* durch den Keltenwald pirschten, fanden sie die Grottenolmhöhle leer und verlassen vor.

Aber wenn Lillis Vermutung stimmte und die *Grottenolme* sich wirklich ein neues Bandenquartier gesucht hatten, dann würden sie das heute herausfinden.

»Ich glaub, die Luft ist rein!« Enya zog sich noch schnell das Fußballshirt mit der Nummer elf über.

Lilli öffnete die Tür der Klokabine und wollte eben im Spiegel ihre Tarnung begutachten, da kam eine Frau herein und starrte die *Wilden Küken* entrüstet an. »Raus hier, Jungs!«

»Es funktioniert«, raunte Bob zufrieden.

»Raus, hab ich gesagt«, wiederholte die Frau und schüttelte den Kopf. »Meine Güte, in so einer Montur würde ich meinen Sohn nicht rumlaufen lassen.«

»Mann, ey, Tussi«, brummte Very mit verstellter Stimme. Very konnte es manchmal wirklich übertreiben.

Grölend wie eine Bande dummer Jungs schubsten sich die *Wilden Küken* gegenseitig aus der Damentoilette.

Draußen schlossen sie ihre Fahrradketten auf, um sofort startklar zu sein. Sie beobachteten, wie auf der anderen Seite des Parkplatzes eine junge Frau aus ihrem Auto stieg und sich auf die Kühlerhaube hockte. Enya schnallte die Sporttasche auf ihren Gepäckträger, dann schoben sie alle ihre Räder etwas näher zum Eingang und warteten. Lilli betrachtete ihr Spiegelbild in einer Fensterscheibe. Ein langer, dünner Rapper, ein kleiner Rocker, ein Fußballfan und ein Typ mit Sonnenbrille, Baseballmütze und Militärhose lungerten mit ihren Fahrrädern vor dem Sportzentrum herum.

»Und wenn die *Olme* unsere Fahrräder erkennen?«, fragte Enya.

»Der richtige Abstand ist bei jeder Beschattung das Entscheidende.« Very kratzte sich unter der Mütze. »Dein Bruder hat doch hoffentlich keine Läuse!«

»Wenn sie uns an irgendwas erkennen, dann daran.« Lilli deutete auf die Hühnerfeder, die Very, genau wie die anderen *Wilden Küken*, an einem Lederband um den Hals trug. Schnell versteckten alle die Bandenzeichen unter ihren Verkleidungen. Lilli krempelte die viel zu lange Cargohose hoch und stellte sich vor, sie sei eine

Dschungelkämpferin. Li Yan Lee kämpfte sich mit der Machete voran durch die grüne Hölle. Sie musste das Lager der Rebellen erreichen, bevor die Hubschrauber eintrafen. Immer schneller lief Li Yan. Plötzlich tauchte ein Junge mit bemaltem Gesicht vor ihr auf und warf sie zu Boden. Über ihnen sirrte ein Pfeilhagel hinweg. Li spiegelte sich in den tiefblauen Augen ihres Retters. »Wer bist du?«, flüsterte sie.

»Da ist Ole!«, zischte Very neben Lilli. »Sie kommen!« Ole, sein Zwillingsbruder Little und Mitch kamen aus dem Sportzentrum. Ihr Team schien das Spiel gewonnen zu haben, denn die Jungs schmetterten Schlachtgesänge und reckten triumphierend die Fäuste in die Luft. Sogar Little schlenkerte ungeschickt mit den Armen. Little selbst spielte nicht in der Mannschaft. In Anbetracht der statistischen Wahrscheinlichkeit eines Sportunfalls betrieb Little überhaupt keinen Sport, aber er war der treueste Fan, den man sich denken konnte. Er war nicht nur bei jedem Match dabei, sondern saß sogar beim Training regelmäßig auf der Zuschauertribüne.

»Nur nicht auffallen«, murmelte Lilli den anderen *Küken* zu und drehte sich noch weiter weg. Aber im Schutz ihrer Sonnenbrille ließ sie Ole keine Sekunde aus den Augen.

Hinter den drei Jungs kam jetzt Gelatino aus dem Gebäude. Er steckte seine Schiedsrichterpfeife in die Tasche, klopfte den *Grottenolmen* anerkennend auf die Schultern und redete kurz mit ihnen. Leider konnte Lilli von ihrer Position aus nicht verstehen, was.

Gelatino arbeitete als Eisverkäufer in der Eisdiele von Bobs Familie. Und weil er nebenher auch noch Schiedsrichter im Basketballverein war, wusste Bob natürlich immer genau, wann die Mannschaft der *Grottenolme* ein Spiel hatte.

»Gelatino!« Die wartende junge Frau rutschte von der Kühlerhaube und winkte.

Lässig schlenderte Gelatino auf sie zu. »Yvonne, des is ja pfundig, dass du mi abholst.« Gelatino sah zwar aus wie ein Italiener, aber er hieß eigentlich Georg Hadersdorfer und stammte aus Rosenheim.

»Hey, Ole!«, rief Gelatino, während er zu Yvonne ins Auto stieg. »Für den Fall, dass ich no net da bin, fangts eifach scho mit de Klappbetten o!«

Ole streckte den Daumen hoch, Yvonne fuhr mit Gelatino davon, und die *Grottenolme* schlurften zu ihren Fahrrädern.

»Gutes Spiel heute«, sagte Ole.

»Besser als Krieg der Sterne!« Mitch focht mit einem unsichtbaren Lichtschwert durch die Luft und ahmte den dazugehörigen Sound nach. »Wwwum … Wwommm! Die Macht war mit uns!«

»Wieso hängen die *Olme* in letzter Zeit dauernd mit Gelatino rum?«, murmelte Very links von Lilli.

Und rechts von ihr fragte Enya: »Und wofür brauchen sie Klappbetten?«

Lilli blickte ihre Freundinnen über den Brillenrand hinweg an. »Das werden wir gleich herausfinden!«

Ole beugte sich zu seinem Fahrradschloss, löste die

Kette und richtete sich wieder auf. Dabei blickte er in Lillis Richtung und wie ein Schreck durchfuhr es sie. Noch während sie sich wie ertappt abwandte, haftete Oles Blick auf ihr.

»Was machen sie?«, zischte Lilli aufgeregt zu Bob, die ihr direkt gegenüberstand. Der etwas zu klein geratene Rocker stellte sich auf die Zehenspitzen und lugte über Lillis Schulter. »Sie schließen ihre Räder auf und machen sich auf den Weg, das heißt ... Ole ...« Bob brach mitten im Satz ab.

Lilli konnte nicht anders und drehte sich wieder um. Ole drückte Mitch sein Rad zum Halten in die Hand und näherte sich. Im Augenwinkel sah Lilli nur wenige Schritte entfernt zwei Trainer aus dem Sportzentrum kommen. Erst dachte Lilli, Ole würde direkt auf sie zusteuern. Er grinste ihr jetzt offen ins Gesicht, wandte sich dann aber an die beiden Trainer. »Hier sind vier Neue fürs Probetraining! Sind noch ein bisschen schüchtern, die Jungs.«

»Alles klar, Ole!«, sagte der jüngere Trainer.

Und noch bevor Lilli reagieren konnte, packte der ältere Trainer sie und Enya auch schon links und rechts an der Schulter. »Na, dann kommt mal gleich mit! Die Regionalliga braucht dringend Nachwuchs!«

Der jüngere Trainer bugsierte Bob und Very bereits Richtung Eingang und gleich nach ihnen wurden auch Lilli und Enya durch die Tür geschoben. Während die Trainer abwechselnd erzählten, wie toll es im Basketballverein so zuging, dachte Lilli krampfhaft darüber

nach, wie sie am schnellsten wieder aus der Sache rauskommen könnten.
»Also, hören Sie mal ...« Lilli blieb stehen. »Es ist so, wir sind ... also wir sind ...«
»Ben und Bob ...!«
Lilli glaubte, ihren Ohren nicht zu trauen, als sie Verys verstellte Stimme hörte. Very zeigte auf Lilli und Bob und patschte dann auf Enyas Schulter. »Der abgefahrene Typ hier ist Nick und ich bin Jean-Pierre!«
»Also, dann mal rein mit euch.« Der Trainer öffnete eine Tür und rief in den Raum. »Jungs, sucht mal ein paar Trikots für die Neuen hier raus.«
Wie von einer unsichtbaren Mauer gebremst, blieben die *Wilden Küken* auf der Türschwelle stehen und starrten in einen Umkleideraum voller Jungs in Unterwäsche.
»Verdammt, wir sind Mädchen«, schrie Lilli, der ihre Tarnung inzwischen völlig egal war. Sie rannte los und die anderen *Küken* rannten ihrem Oberküken hinterher durch den Korridor und schnurstracks hinaus aus dem Sportzentrum. Lilli wollte sich schon aufs Rad schwingen, merkte aber sofort, dass was nicht stimmte. »So ein Mist!«
Bob begutachtete ebenfalls wütend ihr Rad. »Hinten und vorne platt wie eine Briefmarke.«
»Ich hab nur hinten einen Platten!« Enya hob neben ihrem Hinterrad einen Kugelschreiber auf. »Bei mir haben sie länger gebraucht. Ich hab Ventile, bei denen muss man erst einen Stift reindrücken.« Sie steckte den Kugelschreiber in ein Seitenfach ihrer Sporttasche.

»Sie müssen gerade eben getürmt sein ... Nein!« Enya streckte den Arm aus. »Da sind sie noch!«
Und jetzt entdeckte auch Lilli die drei Jungs, die soeben die steile Zufahrt zur Straße hinaufradelten.
Oben drehte Ole sich um. »Viel Spaß noch beim Pumpen!«
Wütend riss Lilli sich die blöde Baseballkappe vom Kopf und reckte sie drohend in die Luft.
Very klopfte mit der Fußspitze gegen ihren schlaffen Hinterreifen. »Ole und seine Jungs müssen uns sofort erkannt haben.«
Lilli funkelte Very an und zischte: »Ach, was du nicht sagst ... Jean-Pierre!«
»Lasst uns lieber schnell weg hier, bevor diese Trainer noch mal aufkreuzen!« Bob schob ihr plattes Rad zwischen Lilli und Very hindurch.
Lilli, Very und Enya folgten Bob und dann pumpten die *Wilden Küken*, leise vor sich hin fluchend, hinter einer Reihe von Mülltonnen ihre Reifen wieder auf.

Die *Wilden Küken* radelten über die Landstraße und übertrafen sich gegenseitig mit fiesen Ideen, wie sie es den *Grottenolmen* heimzahlen könnten. Dann bogen sie auf den Feldweg ab und schoben ihre Räder schließlich durch das kniehohe Gras der Weiherwiese. Wie auf ein unsichtbares Zeichen hin hielten sie ein paar Meter vom Ufer entfernt an.
Ein Windhauch strich über den Weiher, das Spiegelbild des Schiffes schillerte im sich kräuselnden Wasser. Hoch über ihnen flog eine Schwalbe. Schweigend betrachteten sie das am Steg vertäute Schiff mit der kleinen Kajüte und dem Huhn als Galionsfigur. Vertraut und doch wie ein wahres Wunder lag die *Mystery* vor ihnen.
»Wir haben das beste Bandenquartier der Welt!«, murmelte Bob. Die *Wilden Küken* legten einander die Arme um die Schultern und schwiegen fast andächtig.
Lilli blinzelte in den Himmel. In Gedanken kreiste sie als Schwalbe über sich und ihren Freundinnen. Wenn Vogelherzen vor Glück höherschlagen können, dann tat es das Herz dieser Schwalbe genau in diesem Moment.
»*Grottenolme* hin oder her!«, rief Lilli und rannte Richtung *Mystery*. »Das werden richtig gute Ferien!«

Enya lehnte ihr Rad an einen Stegpfosten. »Egal, wie wir uns an den Jungs rächen, ich freu mich jetzt schon drauf!«

Very kletterte hinter Bob die Leiter hinauf. »Ich muss jetzt wirklich allmählich aus diesen bescheuerten Klamotten raus.«

»Aber erst kümmern wir uns um die Hühner.« Bob öffnete die Tür der Kükenkajüte und sofort sprang Bussi in ihre Hände. Very hob Birdie von ihrem Nest, in dem tatsächlich schon wieder ein Ei lag. Birdie war eindeutig die Weltmeisterin im Eierlegen. Enya fing die aufgeregt flatternde Ines und Lilli hob die schneeweiße Flocke vorsichtig von ihrem Brett unter dem kleinen Fenster der Kükenkajüte. Gemeinsam trugen die *Wilden Küken* ihre Hühner hinunter auf die Weiherwiese und setzten sie dort in den umzäunten Hühnergarten. Birdie machte es sich in ihrer Lieblingskuhle bequem, während Bussi wie immer erst mal den Zaun entlanglief und nach einem Durchschlupf suchte. Ines spreizte ihre Flügel und ließ sich die Sonne aufs schwarze Gefieder scheinen und Flocke versteckte ihren Kopf in Lillis Armbeuge. Lilli strich sanft über Flockes flaumige Federn, bis ihr Huhn den Schnabel abenteuerlustig in die Luft reckte und ihr vom Arm hüpfte.

Wieder an Bord, zogen sich die *Wilden Küken* um, stopften die Kleidungsstücke von Enyas Bruder zurück in die Sporttasche und misteten die Kükenkajüte aus. Lilli öffnete die große Deckelkiste. Im Fach ganz links

waren die Körnervorräte für ihre Hühner untergebracht und in der Mitte verschiedene Tüten mit Fertigfutter. Im rechten Fach allerdings lagerten gut zwei Dutzend Wasserbomben. Die kleinen Ballons waren nicht mit Wasser gefüllt, sondern mit Fingerfarbe, und warteten hier auf ihren Einsatz. Die *Mystery* hatte schon so lange nicht mehr gegen einen Angriff der *Grottenolme* verteidigt werden müssen, dass einige der Wasserbomben bereits ziemlich verschrumpelt aussahen.
Lilli verteilte Körnerfutter in die Näpfe, stellte sie in die Kükenkajüte und kletterte dann unter Deck. Bob überprüfte die lose Bohle im Schiffsboden. Die kleine Holzperle lag unverändert in ihrer Kerbe, also hatte sich niemand daran zu schaffen gemacht. Unter der Bohle war das Bandenbuch der *Wilden Küken* versteckt, worin sie mit unsichtbarer Tinte all ihre Abenteuer aufschrieben, ihre Codewörter und Parolen in Geheimschrift notierten und die besten Fotos, bunte Bonbonpapierchen und die schönsten Federn ihrer Hühner einklebten.
Enya holte vier Flaschen Holunderlimonade aus dem Vorratslager im Bug und Very hielt ein Glas Gewürzgurken und eine Tüte mit Buchstabennudeln hoch.
»Beides«, entschied Lilli, klemmte sich zwei Isomatten unter den Arm und ging von Bord.
Neugierig beäugt von Bussi, Birdie, Ines und Flocke, hockten die *Wilden Küken* dann auf ihren Isomatten im Hühnergarten, tranken Holunderlimonade, knabberten Gewürzgurken und spielten Scrabble mit Buchstabennudeln.

»*KAFFEEMASCHINE* schreibt man mit einem N!« Very nahm das überschüssige N und legte es ganz ans Ende ihres Worts *HAUSAUFGABEN*.

Enya deutete auf Verys Wort. »Das ist in den Ferien verboten!«

Bob und Lilli gaben Enya eindeutig recht. Also nahm Very sich eine Ladung neuer Buchstaben aus der Tüte, eliminierte die *HAUSAUFGABEN* und schrieb stattdessen *BADEANZUG*.

Jetzt war Lilli an der Reihe. Sie legte ein O und ein L über das E von *BADEANZUG* und löste damit noch schlimmeren Protest aus als Very vorhin mit *HAUSAUFGABEN*.

»O, L, E«, kreischten Bob, Very und Enya so laut, dass die Hühner vor Schreck gegen den Zaun flatterten.

»Ole geht gar nicht!« Enya drehte ihre langen schwarzen Haare im Nacken zusammen. Bob schüttelte stumm den Kopf und Very erklärte: »Eigennamen sind nicht erlaubt und Olmnamen schon mal gar nicht!«

»Ich war ja noch gar nicht fertig«, verteidigte sich Lilli und legte schnell noch ein A, ein N, ein D, ein E und ein R an. »OLEANDER! Ihr wisst schon, die Pflanze. Die am Mittelmeer wächst.«

Sie verbrauchten fast alle Nudeln, aber unter all den vielen Buchstaben stachen Lilli immer wieder die ersten drei von OLEANDER ins Auge. »Was meint ihr? Vielleicht checken wir doch noch mal die Grottenolmgrotte?«

Die *Wilden Küken* liefen durchs duftende Gras der Weiherwiese, schlüpften unterm Koppelzaun hindurch, stapften den Hügel hoch in den Keltenwald und balancierten auf dem Baumstamm über den Schlangenbach. Am Keltenbuckel blieben sie kurz neben dem bemoosten Felsbrocken stehen und lauschten. Kein Laut drang aus dem Bandenquartier der *Grottenolme*. Kein Gelächter, kein Geflüster, nichts.
Lilli zwängte sich durch den Durchschlupf in der Palisade und betrachtete die Hütte, die direkt an den Fels gebaut war. Nachdem das Bandenquartier im letzten Winter unter einer Lawine begraben worden war, hatten die *Grottenolme* das ganze Frühjahr damit verbracht, es wiederaufzubauen. Wie schon die letzten beiden Male, als die *Wilden Küken* hier heimlich eingedrungen waren, durchstöberten sie die Hütte und die Felsnische. Im Licht, das durch die Ritzen der Bretterwände drang, zählten sie die Wasserpistolen, die alle ordentlich aufgereiht an ihrem Platz hingen. Und auch Oles Scherzartikelsammlung war noch komplett vorhanden. Lilli griff sich eine Taschenlampe und leuchtete in die Kiste. Juckpulver und Stinkbomben, das Furzkissen, die Flasche mit künstlichem Blut und die Spinne mit dem elastischen Faden, alles lag unverändert in der Kiste.
»Was ist nur mit den Jungs los?«, grübelte Lilli.
Mit spitzen Fingern hob Enya eine alte Socke vom Feldbett. »Hätten sie uns heute nicht die Luft aus den Reifen gelassen, müsste man sich echt Sorgen um sie machen.«

Normalerweise waren die *Grottenolme* immer hinter den *Wilden Küken* her, um sie auszuspionieren, sie mit ihren Wasserpistolen nass zu spritzen oder um sie heimlich zu fotografieren, wie sie sich an Deck der *Mystery* sonnten. Aber nichts dergleichen war in den letzten Tagen passiert. Und wenn die *Olme* die *Küken* nicht wenigstens mit Schimpfwortbotschaften in ihrer kinderleicht zu entschlüsselnden Geheimschrift ärgerten, dann stank da irgendetwas gewaltig zum Himmel. Fragte sich nur, was.

»Ups!« Lilli ließ die Lampe fallen und pustete eine winzige Spinne von ihrer Hand.

»Was ist denn los?«, fragte Very.

Lilli bückte sich nach der Lampe. »War nur eine Spinne.«

»Spinne? Wo?« Bob wich zurück und stieß versehentlich das kleine Tischchen um.

»Keine Ahnung, ich sehe sie nicht mehr.« Lilli leuchtete den Boden ab.

»Haltet die Füße still«, rief Enya. »Sonst tritt noch eine drauf!«

»Du hast vielleicht Sorgen!« Bob schüttelte sich.

»Wie geht es eigentlich Sneaker?«, fragte Enya.

Lillis Hund hatte sich letzte Woche das Bein gebrochen.

»Der Gips nervt ihn weniger als befürchtet.« Lilli richtete die Taschenlampe auf das umgefallene Tischchen. »Hier verstecken sie es also!« Mit einem Gürtel war das Bandenbuch der *Grottenolme* an die Unterseite der Tischplatte geschnallt. Lilli öffnete die Schnalle und nahm das

Buch, auf dem die Initialen von Ole, Little und Mitch prangten. *OLM*.

Lilli blätterte aufgeregt durch die Seiten. »Seht mal, da ist ihr letzter Eintrag.«

»Endlich Ferien!«, lasen die *Wilden Küken* wie aus einem Mund.

»Das heißt, sie haben seit Ferienbeginn nichts mehr eingetragen.« Lilli leuchtete durch die Höhle. »Und wie wir wissen, waren sie seitdem auch nicht mehr hier.«

Very deutete auf die Wasserpistolen. »Aber ihre Waffen würden sie doch nicht hierlassen, wenn sie ein neues Bandenquartier hätten!«

»Mit Klappbetten statt dem hier?!« Enya setzte sich auf das Feldbett.

»Erstens: Wo ist ihr neues Quartier? Und zweitens: Was hat Gelatino damit zu tun?« Lilli leuchtete in Bobs Gesicht.

»Ich weiß nur, dass Gelatino sich ab nächster Woche in der Eisdiele freigenommen hat«, sagte Bob. »Und das ganze drei Wochen! Vielleicht kriegst ja du mehr aus ihm heraus.«

Eine Weile stöberten die *Wilden Küken* noch herum, fanden aber keinerlei Hinweis darauf, was die *Grottenolme* im Schilde führten.

»Jetzt sieh dir mal diese verrückten Hühner an!« Enya balancierte auf dem Koppelzaun. Lilli kletterte neben sie. Unten auf der Weiherwiese sprangen Bussi, Birdie, Ines und Flocke abwechselnd auf die Isomatten und

machten sich ganz offensichtlich über die Buchstabennudeln her.
Enya, die am schnellsten laufen konnte, war als Erste im Hühnergarten und verscheuchte die Hennen. Fast alle Nudeln waren aufgefressen.
»Unsere Hühner wollten wohl auch mitspielen!«, lachte Very.
Lilli las, was die letzten acht auf der Isomatte liegenden Nudeln ergaben. »*TYLONDSA*. Und was soll das heißen, hm?« Sie fing Flocke und hielt sich das freche Hühnchen vors Gesicht. »Ist wohl Hühnersprache, oder?«
Als würde sie nicken, ruckte Flocke mit dem Kopf und flatterte auf den Boden, und sofort gluckten die vier Hühner zusammen. Sie blinzelten und scharrten und gackerten so wichtigtuerisch, als hätte das Wort *Tylondsa* tatsächlich eine Bedeutung. Über ihre niedlichen Hühner lachend, verzogen sich die *Wilden Küken* auf den Steg. Dort ließen sie sich die Sonne auf den Buckel scheinen, verdrückten die letzten Essiggurken und schauten schließlich, Seite an Seite liegend, in die Wolken. Unter ihnen gluckste das Wasser des Weihers und die neben ihnen fest am Steg vertäute *Mystery* ächzte leise. Langsam zogen die Wolken über sie hinweg.
Lilli kam es vor, als bewegten sich nicht die Wolken, sondern der Steg unter ihr – als läge sie auf einem aufs offene Meer hinaustreibenden Floß. »Vielleicht ist *Tylondsa* eine Insel«, murmelte sie.
Bob summte eine Melodie. »Oder es ist ein Lied.«

»*Tylondsa* nennt man das Gefühl ganz zu Beginn der Ferien, also wenn man weiß, dass man den Hauptteil noch vor sich hat.« Enya rekelte sich genüsslich. »Sozusagen eine Art Ferienvorspeise!«

»In der Hühnersprache wäre es dann also so was wie der erste von fünf Mehlwürmern«, flachste Very.

»He, ich bin ein vegetarisches *Küken.*« Enya stieß Very den Ellbogen in die Rippen.

Eine Weile hingen alle schweigend ihren Gedanken nach. Dann streckte Very den Arm in die Luft. »Die Wolke da, die kleine, seht ihr die? Das ist eine Tylondsawolke. Eine Wolke, die immer so ein bisschen schneller fliegt als die anderen.«

Enya streckte sich hoch zum Gepäckträger ihres Fahrrads. »Was auch immer *Tylondsa* bedeutet – es ist ein gutes Wort.« Sie fischte sich einen Kugelschreiber aus der Sporttasche und kritzelte das Wort auf die Stegplanke.

»Gib mal her!« Lilli nahm ihr den Kugelschreiber aus der Hand und entzifferte die abgewetzte Werbeaufschrift. *Kalle Randolf, Gebrauchtwagen.* »Was haben die *Olme* mit Herrn Randolf zu schaffen?!« Aufgeregt sprang Lilli auf die Beine. »Los, Mädels, die Hühner in den Stall und auf die Räder! Diesmal kriegen wir sie!«

Sie fuhren den Feldweg entlang und zweigten dann ab auf die Uferstraße. Das Licht der Nachmittagssonne ließ den Fluss schimmern wie flüssiges Gold. Obwohl sie die Abfahrt zu Kalle Randolfs Schrottplatz noch lange nicht erreicht hatten, bremste Lilli plötzlich.

»*Attenzione!*«, schrie Bob. Um Haaresbreite wäre sie Lilli hinten draufgeknallt und auch Very und Enya brachten ihre Räder gerade noch rechtzeitig zum Stehen.

»Wenn wir einfach die Straße rauffahren, sehen sie uns doch schon von Weitem.« Lilli hob ihr Rad über den Straßengraben und schob es dann auf der schmalen Begrenzung zwischen zwei Maisfeldern den Hügel hinauf. Danach folgten sie dem Waldrand und pirschten sich von hinten auf Kalle Randolfs Gelände. Von jenseits der Scheune hörte man das Heulen einer Schleifmaschine.

Die *Wilden Küken* legten ihre Fahrräder flach auf den Boden und robbten durchs Gras. Die kleine Hintertür war nicht abgeschlossen. Langsam zog Lilli sie auf und die vier Freundinnen huschten lautlos in die Dunkelheit der fensterlosen Scheune. Nachdem sich ihre Augen etwas an das Dämmerlicht gewöhnt hatten, erkannten sie etliche Kanister mit Motorenöl, aufgestapelte Autoreifen und eine Werkbank mit Schraubstock. Überall lagen Autoteile und Werkzeuge herum. Ein ausgebauter Motor thronte wie eine moderne Skulptur auf einer Hebebühne.

»Wofür sind denn die Sägespäne?« Enya hatte eine alte Plastikfolie hochgehoben, unter der ein ganzer Hügel aus Sägespänen zum Vorschein kam.

»Vielleicht, um verschüttetes Altöl oder Benzin aufzu-

saugen. Vorsicht!« Very packte Lilli am Arm und riss sie zurück.
Direkt vor Lillis Füßen glänzte schwarzes Öl in einer in den Boden eingelassenen Wanne.
»Darin wird beim Ölwechsel das alte Öl aufgefangen«, erklärte Very. »Die Fahrer unserer Firma haben auch so was in ihrer Garage.«
Der Maschinenlärm vor der Scheune erstarb und Lilli hörte von draußen eine Stimme. »Gibst du mir mal einen Schraubenzieher, Mitch?«
»Sie sind hier!«, raunte Lilli, schlich zum Schiebetor der Scheune und lugte durch eine Ritze.
Gut gelaunt pfeifend, malten Ole und Mitch braune Flecken auf einen beigefarbenen Campingbus, während sich eine Hand fordernd aus dem Innern des Wagens streckte. »Den Zweierkreuzschlitz!«
Anstatt eines Schraubenziehers drückte Mitch seinen Pinsel in die ungeduldig schnippende Hand, was sofort zu einem Aufschrei aus dem Inneren des Wagens führte. Little sprang aus dem giraffengefleckten Kleinbus und suchte nach einem Lappen.
»Sieht aus, als würden sie einen Safaribus wieder auf Vordermann bringen«, flüsterte Enya.
»Also haben sie nur einen Ferienjob.« Irgendwie fand Lilli die Lösung des Rätsels, weshalb die *Grottenolme* so gut wie von der Bildfläche verschwunden waren, jetzt fast enttäuschend.
»Da ist Gelatino.« Links von Lilli drückte Bob ihr Auge gegen einen Bretterspalt.

Stolz präsentierte Gelatino den *Grottenolmen* irgendein Ersatzteil. »De Lichtmaschin is so guat wia neu!«
Er legte das Teil ab und nahm seine auf einem ausgebauten Klappbett liegende Jeansjacke. Auf dem Weg zu Kalle Randolfs Büro fischte er seinen Geldbeutel aus der Jacke.
Die *Grottenolme* arbeiteten schweigend weiter, aber dann hielt Ole inne und schüttelte lachend den Kopf. »Mannomann, die *Wilden Küken* haben heute echt doofe Gesichter gemacht!«
»Jedenfalls sehen die vier Sumpfrallen in Jungsklamotten auch nicht besser aus.« Mitch prustete los. »Wir hätten ihnen auch noch die Luftpumpen klauen sollen, hab ich recht, Boss?«
»Na, wartet«, murmelte Lilli, und fast gleichzeitig schoss ihr eine Idee wie ein geölter Blitz durch den Kopf.
Die *Wilden Küken* tuschelten kurz, dann breiteten sie die Plastikfolie auf dem Boden aus und bezogen Stellung vor der Hintertür der Scheune.
»Jetzt«, formten Lillis Lippen tonlos.
Bob nickte und gab der an der Rückwand lehnenden Kühlerhaube einen Schubs. Scheppernd knallte das Blechteil zu Boden. Auf Lillis Zeichen kreischte Very schrill auf.
»Halt die Klappe, Very!«, zischte Enya demonstrativ Richtung Scheunentor.
Alle vier *Küken* hielten gespannt die Luft an, da schob sich auch schon das Tor auf, und drei Silhouetten zeichneten sich dunkel gegen das grelle Tageslicht ab.

»Sie haben uns entdeckt«, schrie Lilli in gespielter Panik und stieß die Hintertür auf. »Nichts wie weg, Mädels!«
»Sie hauen ab!«, brüllte Mitch.
Lilli, Very, Enya und Bob schlüpften durch die Tür, hauten aber nicht ab, sondern pressten sich draußen links und rechts gegen die Scheunenwand. Gleich musste es passieren.
Und es passierte auch! Von drinnen ertönte ein dreifacher Aufschrei. Die *Wilden Küken* klatschten sich triumphierend ab und traten wieder in die Scheune.
Die drei *Olme* zappelten in der glitschigen Ölwanne.
»Verdammt ...«, tobte Mitch und bemühte sich vergeblich, die Plastikfolie unter seinen Füßen herauszuziehen. »Verdaaaammt!«
»Ich bin Nichtschwimmer.« Little klammerte sich an die Schultern von Ole, der dadurch beim Versuch, sich selbst aus der Wanne zu befreien, erneut ausrutschte. Während die Jungs verzweifelt darum kämpften, auf die Beine zu kommen, bewarfen die *Wilden Küken* sie mit Sägemehl.
»Was haben wir denn da für Sumpfrallen!« Lilli ließ eine weitere Handvoll auf Ole rieseln. »Sumpfrallen im Giraffenlook.«
»Ab durch die Mitte!«, rief Enya, weil die *Olme* dank des Sägemehls allmählich wieder festeren Tritt bekamen. Lilli wollte schon zusammen mit ihren Freundinnen türmen, aber irgendetwas hielt sie zurück. Und das war Oles Lachen

Sie wandte sich um und sah, wie Ole sich genüsslich in den Sägemehlhaufen plumpsen ließ. Gleich neben ihm landeten Mitch und Little. Eine Staubwolke stieg auf, und anstatt sich wutentbrannt auf die *Küken* zu stürzen, wälzten sich die *Olme* vor Lachen.
Ole richtete sich auf. »Dann sind wir jetzt also quitt, Lilli. Bevor wir uns vom Acker machen!«
Jetzt war Lilli restlos verwirrt. »Wie? Vom Acker machen?«
»Tja, wir wollten es euch eigentlich erst später sagen, aber sobald wir die Karre da draußen wieder flottgemacht haben, fahren wir mit Gelatino zum Campen.«
Little räusperte sich. »Rechnet man Obersee und Untersee zusammen, hat der Bodensee eine Fläche von 535 Quadratkilometern.«
Mitch strich sich grinsend die Schmiere von den Beinen. »Wir machen da über den Sportverein einen Surfkurs.«
Alle drei *Olme* hockten im Sägemehl und lachten den perplexen *Wilden Küken* ins Gesicht.
In Gedanken hakte Lilli die Liste ab, die sie sich für diese Ferien geschrieben hatte. *Wasserpistolenduell* stand ganz oben und darunter *Schwimmbad* und *Seifenkistenrallye*. Lilli hatte sich so auf die Ferien gefreut, aber ohne die *Grottenolme* erschien ihr alles nur noch halb so aufregend.
Ole half Little hoch und legte den Arm um Mitch. »Kommt, Männer, wir brauchen jetzt dringend einen Wasserschlauch.«
Verdutzt blickten die *Wilden Küken* den drei Jungs

nach, die einen großen Bogen um die Ölwanne machten und ins Freie traten.
»Also, Lilli!« Ole drehte sich noch einmal um. »Dann mal schöne Ferien noch ohne uns!« Ole winkte und schloss das Scheunentor hinter sich.

Sneaker lag auf dem Fransenteppich und jaulte mit der Musik aus Lillis CD-Player mit. Es war der gleiche Song, zu dem Lilli in ihrer letzten Tanzstunde vor den Ferien bei Frau Struwe getanzt hatte. Lilli wiegte sich im Takt der Musik und versuchte, an gar nichts zu denken. Nicht an Sneakers gebrochenen Vorderlauf, nicht an den Tierarzttermin in zwei Stunden, nicht an den Bodensee und nicht an die ihr auf einmal endlos lang erscheinenden Ferien ohne eine einzige Tanzstunde. Sneaker legte den Kopf auf sein eingegipstes Hundebein und aus seinem Jaulen wurde ein Winseln. Immer schneller drehte Lilli sich, aber es gelang ihr nicht, wie sonst auf den Tönen der Musik zu schweben, sie seufzte und sank neben Sneaker auf den Teppich.
»Tut's noch sehr weh?« Sie berührte den Gips und kraulte Sneaker unterm Kinn. »Du bist ein ganz tapferer Hund.«
Sneaker hörte auf zu winseln und lächelte. Lillis Vater behauptete ja immer, dass Tiere gar nicht lächeln können, aber wenn Sneaker seine Augen so verdrehte und die Lefzen ganz schmal machte, wusste Lilli, sie konnten es doch. Manchmal war Sneakers Lächeln mehr ein

lustiges Lachen und manchmal, so wie jetzt, fast ein bisschen traurig. Sie streichelte ihn tröstend zwischen den Ohren. »Du wirst sehen, das werden ganz tolle Ferien. Wir unternehmen jeden Tag was anderes. Und meinen Geburtstag feiern wir mit einem Grillfest auf der Weiherwiese. Du liebst doch Grillwürstchen. Und für Enya gibt's Gemüsespießchen. Das wird herrlich. Die Sonne scheint und weit und breit kein *Grottenolm*, der uns die Stimmung vermiest. Wir lassen es uns so richtig gut gehen …« Lilli legte den Kopf neben Sneaker und starrte an die Decke.

Da klopfte es, und ohne ein Herein abzuwarten, kam Luisa in Lillis Zimmer und drehte die Musik ab. »Weißt du, wo die Sonnencreme ist?«

Lilli zeigte Richtung Fensterbrett.

Luisa nahm die Creme und ging neben Lilli und Sneaker in die Hocke. »Na, du armer Hinkehund!« Luisa strich über Sneakers Fell. »Etwas Gutes hatte der ganze Unfall. Seither ignoriert er meine Schuhe!«

Sie erhob sich und lief direkt vor Sneakers Schnauze hin und her. »Siehst du!«

Früher hätte Sneaker sofort nach Luisas Ballerinas geschnappt, aber jetzt blinzelte er bloß, und – Lillis Vater konnte über die Mimik von Hunden denken, was er wollte – es war eindeutig ein verächtliches Blinzeln.

Als das mit Sneakers Bein passierte, war Lilli in der Tanzstunde. Luisa hatte an dem Tag eine Tüte voll mit ausrangierten Schuhen für die Altkleidersammlung auf die Straße rausgestellt. Sneaker hatte im Haus an seinem Lieblingsplatz unter dem Couchtisch gedöst. Als aber dann der Lastwagen draußen gehalten und ein Helfer den Sack auf die Ladefläche geworfen hatte, war Sneaker erst durchs offene Wohnzimmerfenster gesprungen, dann über das geschlossene Tor der Einfahrt und schließlich auf den fahrenden Lastwagen. In der nächsten Kurve allerdings war er mitsamt Luisas Schuhsack im Maul von der Ladefläche geplumpst und hatte sich dabei die rechte Pfote gebrochen.

Luisa setzte sich auf Lillis Bett. »Soll ich euch nicht doch mit dem Auto zum Tierarzt fahren?«

»Quatsch!« Lilli tätschelte Sneaker. »Wir zwei schaffen das schon, stimmt's?« Sneaker bellte. Lilli wandte sich wieder an Luisa. »Außerdem bist du doch mit Henriette im Freibad verabredet.«

Luisa war Bobs Tante und seit einiger Zeit die Freundin von Lillis Vater. Und zu allem Überfluss war sie auch noch ihre Lehrerin und mit Oles Mutter Henriette befreundet.

Luisa schraubte die Creme auf und schnupperte daran. »Wir könnten erst miteinander zum Tierarzt fahren und danach gemeinsam ins Schwimmbad.«

Lilli fand die Vorstellung, zusammen mit Luisa, Oles Mutter und einem hinkenden Hund auf der Liegewiese zu liegen, nicht gerade sehr verlockend. »Ich erledige das mit dem Tierarzt und später bin ich mit den *Küken* in der Eisdiele verabredet.«

Aus der Schreinerwerkstatt von Lillis Vater drang das Kreischen der Kreissäge herauf.

»Sonst noch was?«, fragte Lilli, weil Luisa keinerlei Anstalten machte aufzubrechen.
»Du warst beim Frühstück vorhin schon so schweigsam, Lilli. Ist alles in Ordnung mit dir?«
»Ja, klar.« Lilli lächelte etwas bemüht.
Luisa nickte nachdenklich. Dann tupfte sie Lilli einen Klecks Sonnencreme auf die Nasenspitze und ging. Lilli wischte sich die Creme ab und drehte die Musik wieder auf.

Die ausziehbare Dachbodentreppe knarrte bei jedem Tritt. Früher hatte Lilli sich hier oben immer ein bisschen gegruselt, aber jetzt liefen ihr garantiert keine kalten Schauer über den Rücken. Im Licht des Dachfensters schwebte goldener Staub, und die abgestandene Luft war so heiß, dass es Lilli im ersten Moment fast den Atem verschlug.
Ihren alten Kinderwagen hatte Lilli schnell gefunden. Sie zog die löchrige Tischdecke beiseite, mit der er abgedeckt war, und musste erst einmal husten, so viel Staub wirbelte sie dabei auf. Lilli öffnete das kleine Dachfenster und streckte den Kopf hinaus. Die Luft über den Dachziegeln flirrte und fast hätte sie sich den nackten Arm an der Blecheinfassung des Fensters verbrannt. Lilli ließ ihren Blick über den Garten wandern. Obwohl ihr Haus nicht sehr hoch war, wirkte das Gewächshaus klein von hier oben. Lillis Hängematte zwischen den Tannen war nur ein winziger bunter Fleck. Eine Blaumeise landete in der Dachrinne und

nahm ein kurzes Bad in dem Regenwasser, das sich in der verbeulten Rinne gesammelt hatte. Als Lilli mit dem Arm erneut das heiße Blech berührte und deshalb eine schnelle Bewegung machte, flog der Vogel über den Nachbargarten hinweg davon. Lilli musste an die Schwalbe über dem Weiher denken. Schwalben waren Zugvögel. Meisen nicht, schließlich hängte man im Winter Meisenknödel für sie auf. Lilli fiel kein Wort ein für die Nichtzugvögel. Bleibevögel vielleicht? Sie wollte das Fenster gerade wieder schließen, da entdeckte sie ihren Nachbarn, der anfing, zwei Gartenliegen mit seinem Hochdruckreiniger abzusprühen. Plötzlich aber entglitt Herrn Röhrich die Düse und der Wasserstrahl schoss ihm das Toupet vom Kopf. Frau Röhrich kam von der Terrasse herüber, hob das nasse Haarteil auf und hängte es, als wäre es das Selbstverständlichste der Welt, zwischen die Socken und Unterhemden ihres Mannes an die Wäscheleine. Kichernd schloss Lilli das Dachfenster und wandte sich wieder ihrem eigentlichen Vorhaben zu. Sie war im Begriff, den Kinderwagen zusammenzuklappen, um ihn leichter durch die Treppenluke zu bekommen, da entdeckte sie in seinem Inneren einen alten Fotoapparat.
Lilli öffnete das lederne Futteral und versteinerte. In das Gehäuse war ein Name geritzt. *Nadja Krebitz.* Das war der Name ihrer Mutter. Mit klopfendem Herzen linste Lilli durch den Sucher und war fast etwas enttäuscht. Der Blick durch die alte Kamera offenbarte keinerlei Geheimnisse oder rätselhafte Erscheinungen. Sie sah

nur ihr Knie und das Hinterrad des Kinderwagens, das Dachfenster, den kaputten Drehstuhl und den ausrangierten Computer ihres Vaters. Lilli schleppte den Kinderwagen vom Dachboden und verstaute die Kamera in ihrer Geheimschublade.

Sneaker sah in dem Kinderwagen so niedlich aus, dass Lilli trotz seines Gipsbeines über ihn schmunzeln musste. Sie fuhr ihr Hundebaby Richtung Schiebetor, klappte dann aber gleich wieder die Bremse gegen die Räder und lief zurück, um ihrem Vater noch kurz Bescheid zu sagen.
In der Werkstatttür prallte sie mit Ole zusammen. »Was willst du denn hier?«, fuhr Lilli ihn an und entdeckte, dass er die kleine Werkzeugtasche ihres Vaters in der Hand hielt. »Wohin willst du damit?«
Ihr Vater kam an die Werkstatttür. »Das geht schon in Ordnung, Lilli, ich hab ihm das Werkzeug geliehen.«
Lilli schaute zwischen ihrem Vater und Ole hin und her. »Aber wofür denn?«
»Das wirst du schon noch rechtzeitig sehen.« Lillis Vater wischte mit einem Lappen über das Schild der Schreinerei.
Ole verstaute das Werkzeug in seinem Rucksack. »Also ich brauch das für, äh … für den Campingbus!« Für den Bruchteil einer Sekunde sah es so aus, als würde er Lillis Vater zuzwinkern.
Sneaker bellte und erst jetzt entdeckte Ole den Kinderwagen. »So sieht also deine Ferienplanung aus. Du

spielst den Chauffeur für Sneaker. Echt cool, Oberküken.«
Lilli spürte förmlich, wie ihr die Zornesröte ins Gesicht stieg. Sie wollte Ole jetzt so richtig die Meinung sagen, ihm ihre ganze Wut an den Kopf werfen, aber es war, als wären plötzlich alle guten Schimpfworte aus der Welt verschwunden. Lilli klappte den Mund auf und zu und heraus kam nur: »Hoffentlich regnet es am Bodensee.«
Oles dunkelblaue Augen schienen noch dunkler zu sein als sonst. »Danke fürs Werkzeug, Herr Holler!«, sagte er und flankte über das Einfahrtstor.

Zum Glück musste Lilli beim Tierarzt nicht lange warten. Deutlich konnte man auf den Röntgenbildern die Bruchstelle erkennen. Der Tierarzt aber meinte, der glatte Bruch würde gut verheilen. »In drei Wochen machen wir ihm den Gips ab und dann ist er wieder ganz der Alte.«
Erleichtert verließ Lilli die Praxis. Sneaker humpelte ihr voran in den Lift. Lilli drückte auf »Erdgeschoss« und betrachtete sich im Spiegel an der Rückwand. Sie formte mit den Lippen ein Fischmaul und tat, als würde sie unter Wasser blubbern. Dann zog sie die Augenwinkel zur Seite und machte sich Schlitzaugen. Sie blies die Backen auf, schielte und lachte über ihre eigenen Grimassen. Aber dann strich sie sich die rotbraunen Locken aus dem Gesicht und blickte ihrem Spiegelbild in die grünen Augen. »Lilli Holler«, murmelte sie und kam sich plötzlich ganz fremd vor.

Draußen überquerte sie mit Sneaker die Bahnhofstraße und hob den Hund wieder in den Kinderwagen, den sie zuvor mit ihrem Fahrradschloss an einer Parkbank festgekettet hatte. Lilli setzte sich in die Sonne und holte den Napf aus dem Netz des Kinderwagens. Sie goss aus ihrer Trinkflasche erst etwas Wasser für Sneaker in den Napf und trank dann selbst einen Schluck. Der Minutenzeiger der Bahnhofsuhr zeigte senkrecht nach unten. Bis zu ihrem Bandentreffen bei Bob hatte Lilli noch jede Menge Zeit, also schaute sie den Reisenden zu, die aus dem Bahnhofsgebäude herauskamen oder die breiten Stufen zum Haupteingang hinaufhetzten.

»Schau mal, Sneaker, die haben es richtig eilig.« Vier alte Männer in kurzen Hosen und mit Baseballkappen auf den hochroten Köpfen rannten über den Bahnhofsplatz. Eine Frau in einem grauen Kostüm redete sehr aufgeregt in ihr Handy.

Lilli kippte noch einen weiteren Schluck Wasser in Sneakers Napf. Hinter einem Obststand umarmten sich ein Mann und eine Frau zum Abschied. Lilli kniff die Augen zusammen. Aus dem Bahnhof kam soeben ein Junge. Er trug einen vollbepackten Rucksack auf dem Rücken und eine Plastiktüte in der Hand. Gefährlich schwankend, holperte der Koffertrolley, den er hinter sich herzog, über die Stufen.

»Was meinst du, Sneaker, wo der wohl herkommt?« Lillis Hand kraulte Sneakers Fell.

Während sich der Junge eine Tüte Trauben kaufte, redete er in einer fremden Sprache so laut mit dem Obst-

händler, dass Lilli fast jedes Wort hören, aber natürlich nicht verstehen konnte.
»Er ist Italiener«, sagte Lilli, und genau in diesem Moment drehte der Junge sich um. Lilli wich seinem Blick aus und zog die Riemchen ihrer Sandalen fester. Der Junge steuerte jetzt direkt auf sie zu, lächelte kurz, hievte den Trolley auf die Bank, legte die Traubentüte darauf und nahm den Rucksack ab. Dann setzte er sich und fing an, die Trauben zu essen.
Aus dem Augenwinkel beobachtete Lilli den Jungen auf der anderen Seite des Gebirges aus Trolley, Rucksack und Plastiktüte. Wenn er kaute, bewegten sich die schwarzen Locken auf seinen Schläfen. Er streckte die Beine aus und gähnte. Seine Lider waren jetzt fast geschlossen, seine schwarzen Augen verschwanden hinter dem Fächer seiner langen Wimpern.
Lilli packte den Napf wieder in das Netz. Sneaker hockte im Kinderwagen und reckte stolz die Schnauze in die Luft. »Dann bin ich eben dein Chauffeur. Und wenn Ole sich dreimal kaputtlacht.« Lilli wollte losschieben, hatte aber vergessen, die Bremse des Kinderwagens zu lösen. »Dabei hab ich mir die Ferien so toll vorgestellt. Ich dachte, ich und Ole …« Lilli klappte mit dem Fuß die Bremse weg. »Ich dachte, wir könnten auch gemeinsam mal was unternehmen, *Grottenolm* hin, *Grottenolm* her, aber …« Lilli hielt mitten im Reden inne. Hatte sie das jetzt laut gesagt? Es passierte öfter, dass Lilli in Gedanken redete, aber auch das Gegenteil kam vor, und sie sagte laut, was sie gerade dachte. Zum

Glück war der Typ auf der Bank Italiener. Lilli nickte ihm stumm zu und wandte sich zum Gehen, da sprach der Junge sie an. »Verzeihung, ich habe gehört, was du gesagt hast, aber ein Wort habe ich nicht verstanden. Was ist denn ein *Grottenolm*?«

Er kann Deutsch, schoss es Lilli durch den Kopf, und verwirrt wusste sie einen Augenblick lang nicht, was sie tun sollte. Einfach weggehen oder mit ihm reden. Der Junge war inzwischen aufgestanden und die Sonne blendete ihn.

»Ein *Grottenolm* ist ein Schwanzlurch«, sagte Lilli. »So eine Art Molch, Grotte wie Höhle, also ein Molch in einer Höhle, also so was Ähnliches wie eine Eidechse, aber ein *Grottenolm* kann auch ein Junge sein, der einfach abhaut und ...« Lilli hielt die Luft an. Was redete sie denn hier? Mit einem Wildfremden!

Sie lächelte schief und machte, dass sie wegkam. Bis sie mit dem Kinderwagen endlich um die nächste Ecke bog, spürte sie den Blick des fremden Jungen in ihrem Rücken. Lilli verlangsamte ihre Schritte und beruhigte sich wieder etwas. Sneakers Bein verheilte gut, es war ein wundervoller Sommertag, und gleich würde sie sich mit ihren Freundinnen in der Eisdiele treffen. Und Bobs Oma machte das beste Pistazieneis der Welt. Die Vorfreude auf den süßen Geschmack grüner Nüsse vertrieb den letzten Rest der leisen Peinlichkeit, die Lilli eben noch empfunden hatte.

Lilli ließ den Schiebebügel des Kinderwagens los und schob sich die dichten Locken aus dem Nacken. Ein

kühlender Lufthauch strich um ihren Hals, Sneaker bellte, Lilli drehte sich um und erschrak. Keinen Steinwurf von ihr entfernt, zerrte der Junge seinen Rollkoffer hinter sich her über die Straße.
Verfolgte sie der Kerl etwa? Lilli ging auf Nummer sicher und zweigte links ab. Auch wenn es ein kleiner Umweg war, lief sie um die Nepomukkirche herum und ging erst dann wieder weiter Richtung Eisdiele.
Lilli hatte die Bäckerei mit den besten Nussschnecken der Stadt hinter sich gelassen und passierte gerade den kleinen Fotoladen. Erleichtert dachte sie, sie hätte den Burschen abgeschüttelt, da sah sie ihn erneut mit einem Stadtplan in der Hand hinter sich auftauchen. Möglichst unauffällig wechselte Lilli auf die andere Straßenseite. Der Junge steckte den Stadtplan zurück in seinen Rucksack und blieb Lilli auf den Fersen. Immer kleiner wurde der Abstand zwischen ihr und ihrem Verfolger. Schnell schob Lilli den Kinderwagen zwischen zwei parkenden Autos hindurch und erreichte endlich die Eisdiele. Bob musste sie schon entdeckt haben, denn winkend kam sie zwischen den kleinen runden Marmortischen auf Lilli zu. Jetzt, wo sie wusste, dass sie nicht mehr allein war, stellte Lilli den Kinderwagen ab und drehte sich auf dem Absatz um. Nur noch zwei Meter von ihr entfernt ließ der Junge den Koffer stehen und riss die Arme hoch, als wollte er Lilli umarmen.
Erschrocken wich sie zurück.
»Fernando!«, jubelte Bob im gleichen Augenblick und fiel Lillis Verfolger um den Hals.

Bobs Mutter und Bobs Großmutter kamen aus der *Gelateria Cantarella* und umarmten den Ankömmling ebenfalls. Plötzlich erkannte Lilli ihren Irrtum. Dieser Fernando war gar nicht ihr hinterhergelaufen, er hatte ganz offensichtlich nur das gleiche Ziel gehabt wie sie.
»Wir haben dich erst morgen erwartet!« Bobs Mutter nahm Fernando an den Schultern und betrachtete ihn. »Du bist ja richtig erwachsen geworden.«
»*Benvenuto!*« Bobs Oma zwickte Fernando in die Backe. »Wie wäre es mit einem Pistazieneis zur Begrüßung? Pistazie magst du doch am liebsten!«
»Gern, aber erst brauche ich eine Dusche!«, antwortete Fernando.
Damit niemand sah, wie verwirrt Lilli war, beugte sie sich über den Kinderwagen und streichelte ihren Hund. Sie sah, dass das Auto von Opa Hinsgen am Straßenrand hielt und Very vom Beifahrersitz sprang.
»Das ist Fernando aus Roccamare!«, rief Bob ganz aus dem Häuschen.
»Das Roccamare beim *Monte Lucertola*?«, erkundigte sich Opa Hinsgen durchs offene Autofenster, während Very Fernando begrüßte.

»Ja, genau«, antwortete Bob.

»Soll ja wunderschön sein in der Gegend!«, rief Opa Hinsgen und fuhr dann weiter, weil sich der Verkehr hinter ihm bereits staute.

»Was machst du denn für ein Gesicht?« Bob stupste Lilli in die Seite. »Darf ich vorstellen: Fernando Cantarella.« Dann wandte sie sich an Fernando. »Und das ist meine Freundin Lilli Holler.«

»Wir kennen uns bereits!« Fernando drückte Lilli lächelnd die Hand.

Weil Lilli nicht wusste, was sie sagen sollte, lächelte sie ebenfalls und ließ seine Hand schnell wieder los.

Keine Stunde später saßen die *Wilden Küken* mit dem frisch geduschten Gast aus Italien im kühlen Innenraum der Eisdiele. Inzwischen hatte Fernando auch Enya kennengelernt und wusste, dass die Hühnerfedern, die sie alle vier an Lederbändern um den Hals trugen, das Bandenzeichen der *Wilden Küken* waren. Und die *Wilden Küken* wussten, dass Fernando ein Auslandsschuljahr in Berlin hinter sich hatte und auf dem Rückweg nach Italien einen kurzen Zwischenstopp bei seinen Verwandten einlegte.

»Fernando darf in meinem Simmer slafen!«, krähte Siegi, der neben dem Eingang stand und den im Kinderwagen dösenden Sneaker bewachte.

»Es heißt Zimmer und schlafen«, verbesserte Lilli Bobs kleinen Bruder. Seine Familie war so an sein Lispeln gewöhnt, dass es ihnen wohl schon gar nicht mehr auffiel.

Lilli saß Fernando schräg gegenüber und betrachtete ihn immer wieder verstohlen, während er mit seiner leicht heiser klingenden Stimme von der Berliner Schule erzählte. Sein Deutsch war wirklich ausgezeichnet, und der leichte Akzent bewirkte allenfalls, dass sich Worte wie *Jahresabschlusszeugnis* aus seinem Mund viel schöner anhörten, als sie es eigentlich waren.

»Man sagt doch Jahresabschlusszeugnis, oder?« Fernando blickte Lilli fragend an. Lilli nickte und sah schnell zur Seite.

Hinter der Theke stand Gelatino und reichte einer Blondine mit knallroten Lippen eine Eiswaffel nach draußen, in der sich zwei riesige Kugeln Erdbeereis türmten. »A kleines Eis für a große Schönheit.« Neben dem Verkauf von Eiscreme hielt Gelatino das Flirten mit den Kundinnen für seine wichtigste Aufgabe. »*Ciao bella.*« Gelatino lächelte der jungen Frau hinterher, aber plötzlich verfinsterte sich seine Miene.

Giulia und ihr Freund Justin kamen Arm in Arm in die *Gelateria Cantarella*. Anfangs war es nur ein Verdacht gewesen, aber inzwischen waren sich die *Wilden Küken* alle einig. Auch wenn Gelatino es nie zugeben würde, so war er trotz all der Freundinnen, mit denen er sich gern brüstete, ganz insgeheim nur in Bobs Schwester verliebt.

Giulia und Justin begrüßten Fernando und schoben noch einen zweiten Tisch dazu. Lilli musste rücken und saß jetzt direkt neben Fernando. Gleichzeitig löffelten sie von ihrem Pistazieneis.

»Bobs Nonna macht das beste Pistazieneis der Welt«, sagte Fernando.
Nickend ließ Lilli sich das Eis auf der Zunge zergehen, es schmeckte wie ein grüner Traum.
»Du hast schon ganz grüne Augen davon!« Fernando lachte heiser und Lilli verschluckte sich fast.
Zum Glück wurde Fernandos Aufmerksamkeit von Giulia abgelenkt, die sich darüber aufregte, dass ihre Eltern einer Achtzehnjährigen nicht erlaubten, auf eigene Faust zu verreisen. Bevor Giulia an die Fachhochschule wechselte, wollte sie unbedingt noch eine große Reise machen. »Chiara und Giuseppe lassen Fernando allein durch halb Deutschland gondeln und dabei ist er sechs Jahre jünger als ich.«
»Fünf.« Fernando lächelte. »Eigentlich nur viereinhalb.«
Justin strich Giulia über die Haare. »Wieso willst du denn überhaupt weg? Jetzt, wo wir endlich unsere Wohnung fertig renoviert haben? Weißt du was, wir kaufen uns einen Sonnenschirm und machen Ferien auf Balkonien.« Justin wollte Giulia einen Kuss geben, aber genau in dem Moment schob sich Gelatino mit einem Espresso zwischen die beiden.
»I fahr morgen vom Basketballverein aus mit'm Mittermaier Mitch und de zwoa Zwillinge zum Bodensee«, sagte Gelatino.
Die vier *Wilden Küken* warfen sich einen vielsagenden Blick zu.
»Wenn du a günstige Mitfahrgelegenheit suachst«, re-

dete Gelatino weiter auf Giulia ein. »Da Bodensee ist echt ...«

Während er noch nach dem richtigen Ausdruck suchte, schlürfte Giulia einen Schluck Espresso und rief: »Ziemlich heiß!«

»Du sagst es, total heiß!«, ereiferte sich Gelatino jetzt richtig. »Da konnst sogar surfen und i kenn da einen super Campingplatz!«

»Sie meinte den Espresso!«, sagte Justin. »Und mir könntest du eine Cola light ohne Eiswürfel bringen.«

Gelatino schenkte Justin einen verächtlichen Blick und verschwand Richtung Theke.

»Besuch doch einfach uns in Roccamare«, schlug Fernando Giulia vor und erzählte vom Ferienhaus seiner Eltern. Aber Lilli hörte nur noch mit halbem Ohr zu, weil sie durch die Fensterscheibe der *Gelateria* drei Gestalten die Straße überqueren sah.

»In diesem Sommer kann die *Villa Cantarella* sowieso nicht vermietet werden«, sagte Fernando. »Weil der Swimmingpool nicht fertig geworden ist. Der ganze Garten ist eine, *come si dice* auf Deutsch, eine Baustelle.«

Zuerst betrat Mitch die Eisdiele. Er hielt einen Schnorchel wie eine Pistole in den ausgestreckten Händen. Als wäre er einer der Helden aus seinen Actionfilmen, sicherte er das Terrain. »Ganzes Tauchkommando nachrücken!«

Little hatte ein Käppi mit Nackenschutz und eine Taucherbrille auf und sah aus wie ein mutiertes Rieseninsekt. Ole hielt ein Paar Flossen in der Hand und hatte eine Taucherbrille um den Hals hängen. Lilli registrierte, dass alle drei *Grottenolme* ihr Lederband mit dem eingeprägten Grottenolm am Handgelenk trugen – also hatte sich die Bande noch nicht aufgelöst. Als Ole am Kinderwagen vorbeikam, streichelte er Sneaker kurz über den Rücken.

Fernando beugte sich zu Lilli. Seine frisch gewaschenen Haare dufteten und Lilli spürte seinen Arm an ihrer Schulter. »Sind sie das? Diese, wie war das Wort gleich wieder, diese Schwanzlurche?«

Very zückte kichernd ihr Handy und knipste die drei Taucher.

»Ich mach am Bodensee einen Schwimmkurs«, sagte Little.

»Wir leihen uns Surfbretter und dann …« Mitch surfte auf einem Luftsurfbrett durch die Eisdiele.

»Und wer ist unser neuer Freund hier?«, fragte Ole und grinste herablassend.

Ole konnte einen echt zur Weißglut bringen. Lilli sprang auf. »Das ist Fernando aus Italien!« Sie berührte mit der Fußspitze die Taucherflossen in Oles Hand. »Und was soll der alberne Aufzug hier?«

»Ist natürlich kein Vergleich zu euch als Jungs verkleidet«, prustete Mitch. »Also Very sah aus wie …«

Aber da gab Ole ihm ein Zeichen, die Klappe zu halten, und wandte sich wieder an Lilli. »Wir wollten euch nur fragen, so von Bande zu Bande, wie wär's, wenn wir alle zusammen ins Schwimmbad fahren und unsere neue Taucherausrüstung ausprobieren?«

»Langweilen könnt ihr euch noch lange genug«, sagte Mitch. »Morgen sind wir weg, stimmt's, Gelatino?«
»Stimmt!«, ertönte Gelatinos Stimme von der Theke her. »Aber vorher brauch ich noch die Unterschrift von euren Eltern!«
Ole berührte Lilli am Arm. »Also, was ist, Oberküken? Abschiedsparty im Schwimmbad?«
Meinte Ole das ernst? Lilli betrachtete den Grottenolm auf seinem Armband. Viel wahrscheinlicher war doch, dass die *Olme* etwas im Schilde führten, eine Racheaktion wegen der Sache mit dem Öl und dem Sägemehl.
»Schwimmbad ist doch langweilig.« Lilli stand auf und redete, ohne nachzudenken, weiter. »Und außerdem haben wir schon was anderes vor!«
»Was denn?«, fragte Ole.
Damit hatte Lilli nicht gerechnet. Sie überlegte fieberhaft. Nicht nur die Blicke der *Olme* waren auf sie gerichtet, sondern auch die der *Wilden Küken*. Lilli musste jetzt schnell was einfallen, aber ihr kam keine Idee.
Zum Glück kam ihr Enya zu Hilfe. »Wir spielen Reiseführer für Fernando. Unser Gast will doch sicher die Sehenswürdigkeiten der Stadt sehen.«
»Ja, genau.« Lilli nahm Fernando an der Hand und schlängelte sich mit ihm an Ole vorbei Richtung Ausgang. Dort ließ sie Fernandos Hand los und schob den Kinderwagen mit Sneaker hinaus ins Freie.
»Womit fangen wir an?«, fragte Lilli, als sich alle *Wilden Küken* um sie und Fernando geschart hatten. »Heimatmuseum oder altes Stadttor?«

Die Stadtführung dauerte fast vier Stunden. Aber als Lilli daheim mit Sneaker in ihrer Hängematte lag und sich die müden Beine rieb, hatten sie weder das Heimatmuseum noch das alte Stadttor gesehen. Dafür hatten die *Wilden Küken* und Fernando die Fußgängerzone unsicher gemacht, jede Menge Fastfood verdrückt, und Very hatte sich neue Turnschuhe gekauft. Und morgen wollten sie Fernando die *Mystery* zeigen.
Lilli wiegte sich sanft hin und her und freute sich darauf.

Lilli erwachte mit dem unangenehmen Gedanken, verschlafen zu haben. Sie stützte sich auf, knickte aber sofort wieder ein. Ihr Arm war eingeschlafen und kribbelte. Trotzdem drehte sie sich erleichtert auf den Rücken. Es waren ja Ferien! *Tylondsa*, dachte Lilli, ich hab genau das Gefühl, dem Enya den Namen *Tylondsa* gegeben hat! Und mit der Genugtuung, dass der Großteil der Ferien noch vor ihr lag, schüttelte sie ihren Arm wach.

Ein Blick auf den Wecker zeigte ihr, dass sie sich zum Glück nicht beeilen musste. Lilli kniete sich vor die Burgmauer und suchte nach ihrem Taschenatlas. Das Burgbett hatte ihr Vater für sie geschreinert. Die Matratze war von einer Mauer aus Regalen und Schubfächern umgeben. Auf der Burgmauer stapelten sich Lillis Bücher neben der kleinen Sternlampe. Lilli zog eine Schublade nach der anderen heraus. In ihrer Geheimschublade lag der altmodische Fotoapparat. Lilli legte ihn auf ihre Bettdecke, suchte weiter und fand endlich den kleinen Atlas. Darin war zwar die ganze Welt abgebildet und natürlich auch Italien, aber Roccamare konnte Lilli auf der winzigen Karte nirgends entdecken.

Sie nahm den Fotoapparat mit nach unten und hängte ihn über den Pfosten vom Treppengeländer. An der Tür zum Wohnzimmer, wo sie sich einen richtigen Atlas holen wollte, hielt sie inne, weil ihr Vater auf der anderen Seite der Tür laut und offensichtlich sehr aufgebracht redete.

»Nein, natürlich ist das nicht meine Entscheidung, aber …«

Erst dachte Lilli, er würde sich mit Luisa streiten, aber wenn sich die beiden stritten, dann redete meistens sie. Aus dem Wohnzimmer jedoch hörte man nur seine Stimme.

»Du kennst doch meine Meinung dazu … Nein, mit Luisa hat das überhaupt nichts zu tun, hör mal …«

Er telefonierte. Lilli zögerte – sollte sie reingehen oder weiter hier draußen stehen, als würde sie ihn belauschen?

»Also noch mal, ich halte das für keine gute Idee!«

Lilli drückte die Klinke und schob sich ins Wohnzimmer.

»Ja, du auch!« Lillis Vater legte auf und drehte sich zu Lilli. Er brauchte eine Sekunde, bis er den Ärger aus seinem Gesicht durch ein Lächeln vertrieben hatte. »Hey, meine Ferienprinzessin.«

»Wer war denn das?« Lilli deutete aufs Telefon, das ihr Vater noch immer in der Hand hielt.

»Ach, nur ein Kollege!« Er warf das Telefon auf den Sessel, hob Lilli hoch und drückte ihr einen Kuss auf die Wange.

Von draußen hörte Lilli Sneaker kläffen.
»Das mit dem Kinderwagen ist eine geniale Idee«, rief Luisa.
Lillis Vater setzte Lilli auf den Boden und ging in den Flur. Lilli half Sneaker aus dem Kinderwagen, während Luisa eine Bäckertüte aus dem Netz zog.
»Wie wär's mit frischen Nussschnecken zum Frühstück?« Sie schlüpfte aus ihren Ballerinas und für einen Moment schauten alle zu Sneaker. Aber der machte keine Anstalten, sich Luisas Schuhe zu schnappen, sondern humpelte ins Wohnzimmer.
»Das ist ja ein antikes Teil!« Luisa zeigte auf die Kamera am Treppenpfosten.
Lillis Vater berührte den ledernen Riemen und runzelte die Stirn. »Wo kommt die denn auf einmal her?«
»Hab ich auf dem Dachboden gefunden«, sagte Lilli
»Die ist noch von meiner Mutter, oder?«
»Hmm.« Lillis Vater klappte die lederne Schutzhülle auf und begutachtete die Kamera. »Da ist sogar ein Film drin.«
»Meinst du, sie geht noch?«
Er schüttelte den Kopf, verschloss die Kamera wieder und drückte sie Lilli in die Hand. »Am besten, du tust sie wieder dahin, wo du sie gefunden hast. Und dann komm frühstücken, ja? Sonst essen wir dir alle Nussschnecken weg.«
Im oberen Flur blickte Lilli zögernd zur Dachbodenklappe, ging dann aber doch in ihr Zimmer, warf die Kamera auf ihr Bett und lief runter in die Küche.

Nach dem Frühstück suchte sie im großen Atlas nach Roccamare. Der Ort war auch hier nicht eingezeichnet, aber Luisa wusste, wo die Verwandtschaft ihrer Schwägerin zu Hause war, und zeigte Lilli die Stelle auf der Landkarte. Dann klappte Luisa den Atlas zu und machte ihr Lehrerinnengesicht. »Hauptstadt von Italien?«
»*Tylondsa*«, sagte Lilli wie aus der Pistole geschossen.
»Was soll das denn heißen?«
»Dass Ferien sind!«, grinste Lilli.
Sneaker stellte die Ohren auf und bellte.
»Der Postbote«, sagten Lilli und Luisa fast gleichzeitig. Luisa steckte den Atlas zurück ins Regal und Lilli lief dem hinkenden Hund hinterher Richtung Haustür. Der Briefträger stand hinter dem elektrischen Schiebetor und hielt ein Bündel Post hoch. Sneaker lief über die Einfahrt, stellte sich auf und legte die gesunde und die eingegipste Vorderpfote auf das geschlossene Tor.
»Braver Hund«, sagte der Briefträger und steckte das Postbündel in Sneakers aufgesperrtes Maul.
Es hieß ja immer, dass sich Briefträger und Hunde nicht vertragen würden, aber auf diesen Briefträger und diesen Hund traf das nicht zu. Der Briefträger tätschelte Sneaker. »Und ab geht die Post.«
Sneaker brachte die Post zu Lilli. Winkend radelte der Briefträger weiter.
Mit einem Zollstock in der Hand kam Lillis Vater aus der Werkstatt. Lilli reichte Luisa, die hinter ihr in der Tür stand, den Brief vom Lehrerverband und gab ihrem Vater die Geschäftspost für die Schreinerei.

Übrig blieb eine Postkarte. *An die Wilden Küken zu Händen Lilli Holler* las Lilli im Adressfeld und lief mit der Postkarte ans andere Ende des Gartens.
»Du hast doch nicht etwa einen Verehrer?«, rief ihr Vater.
»Wer weiß!« Lilli ließ sich in ihre Hängematte plumpsen und betrachtete erst das Bild auf der Ansichtskarte. Es zeigte eine Meerjungfrau aus Bronze, die auf einem Felsen saß und fast ein bisschen sehnsüchtig zum Rand der Karte blickte, als wartete sie darauf, endlich abgeholt zu werden. *Den lille Havfrue København* stand darunter.
Lilli ließ sich auf den Rücken sinken und drehte die Karte um.

Liebe Wilde Küken,
sonnige Urlaubsgrüße aus Kopenhagen. Steve und ich besuchen hier unseren alten Freund Thorsten, der inzwischen fließend Dänisch kann. Sein Spitzname hier ist nicht mehr Torte, sondern Tærte, was auch so was Ähnliches heißt. Morgen fahren wir zusammen auf die Insel Møn. Tærte sagt, dort gibt es Kreidefelsen und man kann Fossilien finden.
Genießt die wilde Bandenzeit!
Eure Trude

Trude gehörte zu den *Wilden Hühnern*. Die *Wilden Hühner*, das waren außer Trude noch Sprotte, Frieda, Melanie und Wilma. Diese fünf waren die coolste Mäd-

chenbande der Welt und das große Vorbild der *Wilden Küken*, auch wenn die *Wilden Hühner* letztes Jahr unbegreiflicherweise beschlossen hatten, erwachsen zu werden und keine Bande mehr zu sein.
Lilli schloss die Augen. Ein Windhauch strich durch die Bäume. In Lillis Vorstellung wehte ihr nicht der harzige Geruch der Tannenzweige um die Nase, sondern eine salzige Brise. Lilli Havfrue löste sich von ihrem Felsen und glitt in die Wogen. Sie tauchte unter und schwamm in der lichten Helle hinaus ins offene Meer. Weit entfernt vernahm sie eine heiser klingende Stimme, die nach ihr fragte. Das war Fernando! Lilli Havfrue purzelte fast aus der Hängematte.
Fernando stand auf der Terrasse und unterhielt sich mit Luisa, die Lilli zu sich winkte. Lilli schob die Postkarte in die Hosentasche und sah erst jetzt durch die offene Terrassentür, dass Bob, Very und Enya im Wohnzimmer zusammen mit Sneaker auf der Couch hockten und den Invaliden mit Streicheleinheiten verwöhnten.
»Beneidenswert, wie toll du Deutsch sprichst«, sagte Luisa zu Fernando. »So gut wollte ich Englisch können.«
»Kannst du das denn nicht, Tante Luisa?«, rief Bob frech von drinnen. »Immerhin bist du Englischlehrerin!«
Dafür gab ihr Luisa im Vorbeigehen eine Kopfnuss und verschwand im Innern des Hauses.
Fernando fuhr sich durch die schwarzen Locken. »Wir sind gekommen, um dich abzuholen, Lilli!«
»Das war Fernandos Idee«, sagte Bob und kam zusammen mit Very aus dem Wohnzimmer.

»Da konnte es jemand kaum erwarten, dich wiederzusehen!«, schmunzelte Very und deutete hinter seinem Rücken auf Fernando.
Lilli wich Fernandos Blick aus und schaute zu Enya, die jetzt als Letzte noch neben Sneaker kauerte und ihn gedankenverloren kraulte.
»Ratet mal, wer uns geschrieben hat!« Lilli zog die Postkarte aus ihrer Hosentasche und wedelte damit in der Luft herum. Da gesellte sich auch Enya zu ihnen und alle drängten sich neugierig um Lilli.

Auf dem Weg zur *Mystery* fuhren sie abwechselnd neben Fernando, der sich das alte Damenfahrrad von Bobs Nonna Paola ausgeliehen hatte, und erklärten ihm das mit den *Wilden Hühnern* und weshalb sie selbst sich die *Wilden Küken* nannten. Lilli ließ die anderen reden und bildete das Ende der Karawane. Fernando trug ein weites Hemd, und wenn der Fahrtwind hineinfuhr, knatterte es wie ein Segel.
Sie stellten ihre Räder im Schatten der alten Weide ab. Und obwohl sie Fernando ja schon von ihrem schwimmenden Bandenquartier erzählt hatten und obwohl er am Meer wohnte, war er tief beeindruckt von der *Mystery*. Ein bisschen hatte Lilli das Gefühl, als würde er seine Bewunderung ihr zuliebe etwas übertreiben. Aber das schmälerte ihre Freude darüber nicht im Geringsten. Ganz im Gegenteil. Sie fühlte sich genau so, wie ein Oberküken sich fühlen sollte.
Sie stapften durch schon verblühten Hahnenfuß, Rot-

klee und Sauerampfer über die kniehohe Weiherwiese. Um ihre Beine herum schwirrten aufgescheuchte Insekten.

»Hoffentlich haben wir noch Mückencreme an Bord«, jammerte Bob und klatschte sich mit der flachen Hand in den Nacken.

Es war schwül und aus der Mitte der weißen Wolken quoll immer mehr Grau. Am Steg angekommen, murmelte Lilli leise »Tylondsa« und trat als Erste über die Planke, auf die Enya neulich das Zauberwort geschrieben hatte.

»Prima le donne e i bambini.« Galant überließ Fernando den Mädchen den Vortritt und wies mit einer Verbeugung auf die Leiter.

»He, wir sind keine *bambini*«, beschwerte sich Bob und kratzte sich im Nacken.

Abgesehen von dem Geheimfach mit ihrem Bandenbuch unter der Bohle, zeigten die *Wilden Küken* Fernando das ganze Schiff und natürlich ihre Hühner.

Fernando hob die schwarze Ines aus dem Stroh. »Ein bisschen klein geraten für *Pollo con peperoni*!«

Sofort nahm Enya ihm Ines weg. »Das sind Lebewesen, keine Nahrungsmittel.«

Fernando pustete sich auf die Finger, als hätte er sie sich verbrannt, und lachte.

»Er hat nur Spaß gemacht«, sagte Lilli. Aber Enya funkelte Fernando mit Augen an, die noch schwärzer waren als das Gefieder ihrer Ines.

Fernando half ihnen, die Hühnertränke zu waschen und

mit frischem Wasser zu füllen, und danach holte er zwei Strohballen aus dem Strohlager und schleppte sie ganz allein an Deck.
Inzwischen war auch Enya wieder etwas versöhnt. Sie holte die Leine ein, an der sie fünf Flaschen Holunderlimonade zur Kühlung im Weiher versenkt hatten. Enya wischte die Wasserpflanzen von einer Flasche und reichte sie Fernando. *»Prego!«*
»Du kannst Italienisch?« Fernando blickte sie überrascht an.
»Schön wär's.« Enya schüttelte den Kopf. »Das hab ich nur in der Eisdiele aufgeschnappt.«
»Grazie«, sagte Fernando und prostete den *Wilden Küken* zu.
In diesem Augenblick ertönte erst eine knallende Fehlzündung, dann ein Hupen. Die ganze Besatzung der *Mystery* drehte den Kopf landwärts. Ole, Little und Mitch sprangen aus dem mit Giraffenflecken bemalten Campingbus. Mit Plastiktüten in der Hand näherten sie sich der *Mystery*. Gelatino kurbelte das Fenster runter und winkte herüber.
Auf dem Steg machten die *Olme* halt.
»Was wollt ihr denn hier?« Wie ein Kapitän stand Lilli breitbeinig an der Reling.
Little räusperte sich. »Als Abschied bezeichnet man Trennung auf Zeit oder für immer. Unsere Reise wird genau zwei Wochen dauern.«
Ole legte seinem Bruder den Arm um die Schultern und blickte zu Lilli. »Wir wollten uns nur verabschieden!«

Er vertrieb eine unsichtbare Mücke vor seinem Gesicht und wartete auf eine Reaktion von Lilli.

Lilli mochte Abschiede nicht und schluckte das plötzliche Gefühl von Traurigkeit hinunter. »Na, dann gute Fahrt!«

»Hey, Very!« Mitch hatte Mühe, sein freches Grinsen zu unterdrücken. »Ich denke, das wär ein guter Zeitpunkt für einen Abschiedskuss!«

»Tja, Mitch!« Very verschränkte die Arme. »Denken war noch nie deine Stärke.«

Fernando lachte hell auf.

Aber Ole kümmerte sich nicht um die anderen, er schaute immer nur zu Lilli. »Also, dann!« Jetzt hob er die Hand und winkte.

»Wir können es kaum erwarten, bis ihr weg seid!«, rief Lilli so laut, dass sich der Kloß in ihrem Hals auflöste.

Ole blinzelte.

Vielleicht hat er ja auch einen Kloß im Hals, dachte Lilli.

»He, Oberküken!«, rief Ole. »Kommt jetzt ja nicht auf die Idee, eure Wasserbomben auszupacken!«

»Und ob!«, rief Very und rannte zu der Deckelkiste an der Kajütenrückwand.

»Nicht, Very, das ist eine Falle.« Lilli wollte Very aufhalten, aber da hatte die auch schon den Deckel hochgeklappt. Eine Sekunde lang wartete Lilli auf eine Kettenreaktion, aber es lag nur ein Zettel in dem leeren Fach.

»Ätsch!«, las Lilli laut und ließ den Zettel fallen, weil soeben eine Wasserbombe neben ihr platzte.

Die *Olme* griffen in schneller Abfolge in ihre Plastiktüten und schleuderten weitere Geschosse an Bord. Ole traf Lillis Schulter und rote Flüssigkeit strömte über ihren Arm.
»Keine Ahnung, womit ihr die Dinger füllt!« Mitch warf mit voller Wucht.
Zum Glück nur mit Fingerfarbe, dachte Lilli und wischte sich den Arm ab.
Very ging in Deckung und ein grüner Riesenklecks explodierte neben dem Kajütfenster. Auch Lilli duckte sich, aber eine der drei schnell hintereinander abgefeuerten Wasserbomben streifte ihre Locken und traf Enya am Kopf. Gelbe Soße troff aus Enyas langen Haaren. Immer neue Ballons platzten, entweder an der Reling oder an Deck. Littles blaue Kanonenkugel flog über die *Mystery* hinweg und landete im Weiher.
»Zielt auf den Italienergockel«, plärrte Ole, und fast gleichzeitig breitete sich auf Fernandos Hemd ein blauer Fleck aus. Fast jeder Schuss der *Olme* war ein Treffer. Aber da – ein einziger Ballon blieb heil und hopste übers Deck. Lilli wollte sich die schwabbelnde Farbbombe gerade schnappen, um sie an den Absender zurückzuschicken, da rutschte Bob auf einer Farblache aus und zerquetschte die unversehrte Bombe unter ihrem Hinterteil.
Die *Olme* ließen die Plastiktüten auf den Steg fallen und rannten mit Triumphgeschrei über die Wiese. Entfernt donnerte es und nach dem Bombenhagel tüpfelten jetzt lautlose Regentropfen die Holzplanken der *Mystery*.

Der giraffengefleckte Bus fuhr den Feldweg rauf zur Landstraße und verschwand hinter der Böschung.

Erschöpft und mit hängenden Armen stand Lilli neben Fernando. Regentropfen fielen auf ihr Haar.

»Zum Glück bist du noch da!«, sagte sie leise und lächelte.

Aber Fernando schüttelte den Kopf. »Ich fahre morgen mit dem Intercity zurück nach Italien!« Er deutete in die Regenwolken. »Zurück in die Sonne!«

Einen Augenblick lang hörte man nur das Rauschen des heftiger werdenden Regens.

Fernando zog ein Taschentuch hervor und wischte Lilli Farbe aus dem Gesicht. »Aber vielleicht wollt ihr mich ja besuchen?«

Lilli musste erst mal nach Luft schnappen. Fernando legte den Kopf schräg und blickte Lilli abwartend an.

»Lilli, jetzt sag schon was«, murmelte Enya.

Und auch Bob und Very hingen gespannt an Lillis Lippen.

»Nach Italien?!« Lillis Vater fiel vor Schreck fast die Brause aus der Hand.

»Vorsicht, sein Fuß!« Luisa hockte auf dem Badewannenrand und hielt den mit Hundeshampoo eingeschäumten Sneaker fest.

Wie wenn sie in der Tanzstunde etwas vorführte, spürte Lilli jetzt jeden einzelnen ihrer Muskeln. »Bitte, Papa!« Lilli lächelte, so flehentlich sie konnte.

»Nein, Lilli.« Ihr Vater stellte das Wasser ab. »Da hilft dir auch dein Lilliblick nicht!«

Sneaker leckte Tropfen von der Frischhaltefolie, in die Lilli sein Gipsbein gewickelt hatte.

Lilli behielt ihren Lilliblick bei und probierte ihn bei Luisa aus.

»Bitte, Luisa! Wir könnten im Ferienhaus der Cantarellas wohnen. Das sind doch fast so was wie Verwandte von dir.«

»Giuseppe ist der Cousin meiner Schwägerin, das ist nicht richtig verwandt!« Luisa drehte die Brause auf und wusch Sneaker das Shampoo aus dem Fell.

Lillis Vater trocknete sich die Hände ab. »Auf gar keinen Fall lasse ich meine Tochter allein nach Italien fahren.«

»Ich bin ja nicht alleine, weil, die *Wilden Küken* fahren natürlich alle mit. Und ich war auch schon am Bahnhof und hab mir die Zugverbindungen ausdrucken lassen.« Lilli faltete den Fahrplan auf. »Und Fernando hat vorhin eine SMS geschickt, dass seine Eltern einverstanden sind.« Schnell, bevor ihr Vater etwas einwenden konnte, fuhr Lilli ohne Punkt und Komma fort. »Und die Fahrkarte bezahlt mein Sparschwein und Reisen bildet doch auch, sagt man, und außerdem regnet es hier sowieso und ich bin alt genug, um ...«
Da hielt ihr Luisa einfach den Mund zu. »Welche deiner Freundinnen hat denn schon die Erlaubnis ihrer Eltern?«
»Die dürfen sicher alle!« Lilli versuchte, möglichst überzeugend zu klingen. Erwachsene richteten sich in ihren Entscheidungen immer nach den Entscheidungen anderer Erwachsener. Jetzt ging es also erst einmal darum, dass sich ein einziges *Wildes Küken* die Erlaubnis erkämpfte. Und dieses *Wilde Küken* wollte Lilli sein.

Lilli achtete darauf, dass sie die Gabeln und Messer genau so hinlegte, wie Luisa das tat. Sie pflückte im Garten eine Rosenknospe und steckte sie in eine Vase. Zufrieden betrachtete sie ihr Werk und stellte dann noch schnell das Schneidebrettchen und das Gemüsemesser in den Geschirrspüler, da kamen Lillis Vater und Luisa auch schon von ihrem Großeinkauf zurück. Luisa schlüpfte im Reinkommen aus ihren Ballerinas. Sneaker hob kurz den Kopf und knurrte, machte aber weiter keinerlei Anstalten, sich die Schuhe zu schnappen.

»Du hast ja schon alles fürs Abendessen hergerichtet, Lilli!« Luisa zeigte erfreut auf den gedeckten Tisch. »Das ist ja lieb von dir.« Sie verstaute Milch, Joghurtbecher und eine Tüte mit Wurst im Kühlschrank.
Lillis Vater, der zwei Getränkekisten in den Keller geschleppt hatte, kam herein. Er starrte erst den Salat auf dem Tisch an, dann Lilli. »Vergiss es, Lilli, vergiss es!«
»Stefan?« Luisa schaute ihn irritiert an. »Sie hat sich solche Mühe gegeben.«
Lillis Vater zeigte auf den Salatteller, auf dem Lilli Tomaten, Mozzarella und Basilikum angerichtet hatte. »Grün, Weiß, Rot! Die Landesfarben Italiens.«
Lilli sagte nur zwei Worte. »Bob darf!«
»Ich hab vorhin mit meinem Bruder telefoniert.« Luisa goss sich ein Glas Saft ein. »Bob darf nur, wenn Giulia mitfährt.«
»Also darf ich auch!« Lilli war kurz vorm Ziel. »Ihr habt gesagt, wenn ein Erwachsener mitfährt, wär's was anderes!«
Lillis Vater schüttelte den Kopf. »Giulia ist grad mal achtzehn. Außerdem, wer soll sich um Sneaker kümmern und um eure Hühner?«
»Ich dachte, ihr könntet das machen«, sagte Lilli kleinlaut.
»Nein, Lilli«, sagte Lillis Vater ernst. »Definitiv!«
Lilli wollte nicht aufgeben. »Ich mache auch die ganzen restlichen Ferien *Powerlearning* mit Luisa.«
»Das machen wir sowieso.« Luisa spießte ein Stück

Mozzarella auf ihre Gabel. »Im nächsten Schuljahr steigen die Anforderungen enorm an!«

Lillis Herz raste vor Aufregung, als sie ihren letzten Trumpf ausspielte. »Bitte, Papa, ich wünsche es mir zum Geburtstag!«

Eine Sekunde lang blickte Lillis Vater so traurig drein, als würde sie ihm etwas verbieten und nicht er ihr. »Es geht nicht, Lilli. Und damit Ende der Diskussion.«

Lilli hockte im Schlafanzug auf dem Fensterbrett ihres geöffneten Fensters. Der kühle Abendwind blähte die Vorhänge. Am hellgelben Mond schoben sich schwarze Wolken vorbei. Es hatte aufgehört zu regnen, die Luft war frisch und kühl. Obwohl sie seither schon zweimal geduscht hatte, zupfte Lilli sich noch immer Reste eingetrockneter Fingerfarbe aus den Haaren. Ob Ole wohl daran gedachte hatte, das ausgeliehene Werkzeug zurückzugeben? Lilli nahm sich vor, ihren Vater morgen danach zu fragen. Falls sie morgen schon wieder mit ihm reden sollte. Sie fischte das Handy aus der Handysocke.

»Und, wie ist die Lage?«, fragte Lilli, als sie endlich alle *Wilden Küken* in der Leitung und ihr Handy auf Freisprechen gestellt hatte.

»Ich darf nur, wenn ein Erwachsener mitfährt«, ertönte Enyas Stimme.

»Ich auch«, sagte Very. »Und Giulia gilt nicht, da waren sich alle bei mir einig. Ich hab sogar versprochen, diese doofe Ayurvedakur mit meiner Mutter zu machen, sobald wir zurück sind … Keine Chance.«

»Aber Giulia ist doch erwachsen«, wiederholte Bob nun schon zum dritten Mal, und wieder redeten alle durcheinander. Lilli warf einen prüfenden Blick hinter sich, um sicherzustellen, dass ihre Zimmertür zu war. »Nicht alle gleichzeitig!«

Kurz war es still. Dann knackste es in Lillis Handy und Enya meldete sich wieder. »Meine Mutter würde mitfahren, aber die kann wegen der Arbeit nicht.«

Wieder war es still. Lilli stülpte sich die Handysocke über die Finger. »Es gibt nur eine Möglichkeit!«

»Wir fahren heimlich?«, flüsterte es so leise aus dem Handy, dass Lilli Bobs Stimme nicht gleich erkannte.

»Nein, Bob.« Lilli rutschte vom Fensterbrett. »Du fährst allein.«

»Lilli hat recht«, sagte Enya nach kurzer Bedenkzeit.

»Find ich auch«, kam es von Very. »Es ist Blödsinn, wenn du bloß aus Rücksicht auf uns hierbleibst.«

»Habt ihr unser Bandenmotto vergessen?«, fragte Bob. »Keine alleine, alle oder keine! Also keine. Und außerdem bin ich doch nicht so blöd und verpasse Lillis Geburtstag!«

Damit war alles gesagt und die *Wilden Küken* beendeten ihre Telefonkonferenz.

Am nächsten Tag saß Lilli in der *Gelateria Cantarella* auf ihrem Lieblingsplatz am Fenster. Regentropfen liefen an der Scheibe hinunter und Lilli löffelte ihr Pistazieneis. Bob stand hinter der Theke und vertrat Gelatino, während Bobs Mutter Giulia tröstete.

»Ich meine, bloß weil ich mal ohne ihn weggefahren wäre, muss Justin doch nicht gleich Schluss machen.« Giulia schluchzte und Anna Cantarella drückte ihre älteste Tochter noch fester an sich.
»Männer tun sich oft schwer mit Entscheidungen, bei denen sie nicht die Hauptrolle spielen.« Giulias Mutter ließ seufzend den Blick durch den ganzen Raum schweifen. »Was glaubst du, wie lange es gedauert hat, bis Jens kapiert hat, dass die Eisdiele ganz allein mein Ding ist.«
In diesem Augenblick brachte Nonna Paola einen frischen Behälter mit Zitroneneis aus der Küche. »Dein und mein Ding, *cara* Anna! Vergiss das nicht.«
Während die Nonna das Zitroneneis in der Kühltheke zwischen Kirsch und Schoko schob, servierte Bob dem alten Paar in Regenjacken, das am Ecktisch saß, zwei Eisbecher mit Sahne. Da sonst keine Kundschaft in Sicht war, nahm Bob sich die Schürze ab und hängte sie an den Haken. Im Vorbeigehen berührte sie tröstend Giulias Schulter. »Justin kriegt sich schon wieder ein. Außerdem fahren wir ja sowieso nicht, das war ja nur so eine Idee.«
Ein erneuter Tränenschub erschütterte Giulia. »Der Idiot kommt ja nicht mal theoretisch damit klar, dass ich was ohne ihn machen könnte.«
Bob nahm neben Lilli Platz. »Ein Glück, dass keine von uns verliebt ist. Immer nur Geknutsche oder Geheule.«
Lilli stocherte in ihrem Pistazieneis herum. Irgendwie schmeckte es heute weniger grün als sonst.
Bob stupste Lilli an und zeigte zum Eingang, wo Enya gerade ihren bunten Schirm in den Schirmständer

steckte. »Was für ein Sauwetter.« Enya gesellte sich zu den Freundinnen. »Die *Olme* am Bodensee können einem richtig leidtun.« Erst jetzt bemerkte sie, in welcher Verfassung Giulia war. »Haben sie wieder mal Schluss gemacht?«

Bob und Lilli nickten.

Die Nonna reichte Giulia ein Taschentuch. »Dein *Nonno* hat immer gesagt: Liebe muss sein wie *Tartufo*!«

»Wie diese unterirdischen Pilze, die von Schweinen aus dem Dreck gebuddelt werden?«, fragte Giulia und schniefte verzweifelt.

»Nein, wie die Eisspezialität.« Das faltige Gesicht der Nonna lächelte. »*Tartufo* besteht aus einer mit bitterer Schokoladensoße gefüllten Vanilleeiskugel, die wiederum von einer Schicht aus Kakao umhüllt ist.«

»Justin jedenfalls ist kein *Tartufo*, sondern ein Trottel.« Giulia schnäuzte sich lautstark und lief die Treppe hoch, die zur Wohnung hinaufführte. »Außerdem mag ich keine bittere Schokolade!«

Anna und Paola Cantarella seufzten beide hinter Giulia her und verschwanden dann in der Küche.

Enya flocht sich Zöpfchen in die schwarzen Haare. »Wie hat sie das gemeint, mit der Vanilleeiskugel und dem Kakao und der Schokoladensoße?«

Aber bevor Bob oder Lilli antworten konnten, ertönten drei verschiedene Klingeltöne. Lilli, Bob und Enya kramten in ihren Taschen und stülpten die Handys aus ihren Handysocken.

»Kurznachricht von Very«, sagte Enya.

»An alle«, murmelte Bob mit Blick auf ihr Display.
Und Lilli las laut vor: »Bikinialarm. Treffpunkt Einkaufszentrum.«
Im Bandenbuch der *Wilden Küken* waren verschiedene Arten von Alarm verzeichnet. Schiffsalarm bedeutete, dass alle *Wilden Küken* sofort zur *Mystery* kommen sollten, und es gab Bobalarm, Lillialarm und Veryalarm. Sogar einen Eisalarm. Aber es gab keinen Bikinialarm.
Lilli, Bob und Enya schauten sich kurz fragend an und sprangen dann auf.
»Mama, ich muss weg!«, rief Bob noch schnell, und schon waren die drei *Wilden Küken* zur Tür hinaus.

Sie entdeckten Very schon von der Rolltreppe aus. Sie stand in der Bademodenabteilung und winkte mit einem Bikinioberteil. Gleich hinter ihr wühlten sich die Zicken durch die verschiedensten Modelle. Die Zicken, das waren Denise und Mareike, die mit den *Wilden Küken* in dieselbe Klasse gingen.
Noch bevor Lilli und die andern bei Very waren, schnappte Mareike Very den Bikini weg. »Ich probier den mal!«
Denise blieb am Wühltisch zurück und hielt unschlüssig verschiedene Modelle hoch. Very gab den *Wilden Küken* Zeichen, dass sie ihnen alles erklären würde, sobald sie unbeobachtet wären.
»Der sieht ja toll aus!« Enya nahm sich einen gestreiften Bikini.
»Ich hab den zuerst gesehen!« Denise riss Enya das Teil aus der Hand. »Du kannst dir ja einen häkeln, machst du doch mit deinen Stirnbändern auch!« Denise grinste Enya unverschämt an und verschwand in derselben Kabine, in der eben Mareike verschwunden war.
»Wenn wir nicht wollen, dass uns die Zicken die besten Teile wegschnappen«, raunte Very, »müssen wir so tun,

als würden uns …« Sie stockte, weil Mareike aus der Kabine kam und neugierig herüberschaute.

»Schon klar.« Lilli zwinkerte Very zu. Dann nahm sie den hässlichsten Bikini, den sie auf die Schnelle finden konnte. Er raschelte in ihrer Hand, so übersät war er mit schillernden Pailletten. »Hey, *Küken*, der ist doch super. Hoffentlich gibt's noch vier davon in unseren Größen!«

Enya und Bob hatten ebenfalls kapiert, was Sache war, und suchten sofort nach weiteren Glitzermodellen. Und es kam, wie sie es erwartet hatten. Gleich nach Mareike sauste auch Denise herbei.

»Che fortuna«, sagte Bob. »Zum Glück gibt's noch für jede einen.«

Da war Denise auch schon bei ihr. »Ich find, mit kleiner Statur sollte man lieber Badeanzug tragen!«, sagte sie schnippisch und zupfte Bob den Paillettenbikini aus der Hand.

»Große Dürre übrigens auch!«, schoss Mareike ihren Pfeil auf Very und zerrte an dem Bikini in Verys Hand. Weil Very nicht losließ, zog Mareike immer fester, sodass ihr das Oberteil ins Gesicht schnippte, sobald Very ihren Griff lockerte.

»Mareike sieht Sternchen«, flüsterte Very zu Enya.

Mareike aber streckte ihnen triumphierend die Zunge heraus. Mit dem Gefühl, die Schlacht gewonnen zu haben, verschwanden die Zicken in der Kabine, um kurz darauf mit ihrem Fang an den *Wilden Küken* vorbeizumarschieren, die zwar innerlich grinsten, aber sich bemühten, lange Gesichter zu machen.

»He, Lilli«, rief Mareike. »Geht doch in die Kinderabteilung, da findet ihr sicher was Passendes!«
Kaum waren die über ihren vermeintlichen Coup kichernden Zicken auf der Rolltreppe verschwunden, wich der gekünstelt enttäuschte Gesichtsausdruck der *Wilden Küken* einem fröhlichen Grinsen. Und dann probierten Lilli, Very, Enya und Bob diejenigen Badeanzüge und Bikinis, die ihnen wirklich gefielen, und erst als sie zu viert vor dem Spiegel standen, gab Very den wahren Grund für den Bikinialarm preis. Enya zupfte sich einen sportlichen Bikini zurecht, Lillis grün-roter Zweiteiler passte ihr wie angegossen, und auch Bob drehte sich zufrieden vor dem Spiegel hin und her, da fing Very so aufgeregt zu blinzeln an, dass aller Augen auf ihr ruhten.
»Was meint ihr?« Verys Stimme bebte vor lauter Vorfreude. »So können wir vier Strandnixen uns doch am Mittelmeer sehen lassen!«
Very strich sich eine blonde Strähne aus der Stirn und verkündete: »Mein Opa fährt mit uns nach Roccamare!«
Lilli konnte das Glück noch kaum fassen, da rief Enya auch schon: »Und dein Opa ist garantiert ein Erwachsener!«
»Keine alleine, alle oder keine!«, hauchte Bob glücklich.
Und dann riefen die vier *Wilden Küken* wie aus einer Kehle: »Also alle!«

Noch am gleichen Abend setzten sich die Familien der *Wilden Küken* in der Eisdiele zusammen und besprachen die Einzelheiten.

Damit alle bequem sitzen könnten, wollte Opa Hinsgen einen luxuriösen Van für die Reise mieten. »Ein vollklimatisierter Siebensitzer mit Lederbezügen, getönten Scheiben, Einparkautomatik und allem Schnickschnack.«

»Wenn mein Opa was anpackt, dann aber richtig«, flüsterte Very in Lillis Ohr.

Laut meldete sich Giulia zu Wort und fragte, ob sie nicht vielleicht auch mitfahren könnte. »Sozusagen als zweite Erwachsene!«

Opa Hinsgen erklärte sich einverstanden und wiederholte lediglich noch mal seine Bedingungen. »Erstens: Verena hat versprochen, dass sie ein Gedicht zum 50-jährigen Jubiläum der Firma *Hinsgen-Küchen* verfasst. Und zweitens: Wenn es zu zivilem Ungehorsam kommt oder zu sonst irgendeinem Unfug, bedeutet das den Abbruch des Unternehmens und sofortige Heimreise für alle.«

»Die erste Gedichtzeile hab ich schon«, sagte Very. »Peter Hinsgen ist der beste Opa aller Zeiten!«

Gleichzeitig beteuerten die *Wilden Küken*, dass sie sich vernünftig verhalten, alle Regeln befolgen und Opa Hinsgen nicht enttäuschen würden. Zu guter Letzt war es beschlossen und besiegelt und Bobs Eltern telefonierten mit ihren Verwandten in Italien.

Am nächsten Tag wechselten sich Wolken und Sonnenschein ab, aber es regnete nicht. Die *Wilden Küken* holten die Hühner von der *Mystery* und quartierten sie ins Gewächshaus in Lillis Garten um. Lilli schrieb eine ge-

naue Liste mit Anweisungen für ihren Vater und Luisa, die versprochen hatten, sich um Sneaker und die Hühner zu kümmern.
Lillis Vater stellte eine kleine Mappe mit Notrufnummern für Lilli zusammen und schaute dabei so besorgt drein, dass sie richtig gerührt war. In seiner Büroecke hinten in der Schreinerwerkstatt kopierte er Lillis Ausweis und reichte ihr das Original. »Jetzt fährt also meine Tochter zum ersten Mal allein in Urlaub.«
Lilli musste daran denken, wie schön die letzten Urlaube mit ihrem Vater gewesen waren, in der Hütte in den Bergen, in der Ferienwohnung in der Uckermark und in dem Hotel am Plattensee. Und obwohl sie ja erst übermorgen losfahren wollten, umarmte ihn Lilli schon jetzt so fest sie konnte. Seine im Nacken zusammengebundenen Haare rochen nach Holz und Harz. Auch er drückte Lilli an sich und murmelte: »Gute Reise, meine Kleine.«

Am Abend fuhren Luisa und Lilli ins Einkaufszentrum und besorgten Sonnencreme, Mückengel und Schwimmschuhe. Und einen Strohhut, den Lilli eigentlich gar nicht wollte. Aber Luisa kaufte ihn trotzdem.
Die Sonne stand schon schräg, hatte aber dennoch genug Kraft gehabt, das Auto so richtig aufzuheizen.
»Kleiner Vorgeschmack auf den Süden«, sagte Luisa beim Einsteigen und stellte das Gebläse gleich wieder ab, aus dem ein glühend heißer Wüstenwind wehte.
Lilli ließ die Scheibe der Beifahrertür herunter. »Das hab ich alles dir zu verdanken.«

»Quatsch, du hast doch all die Sachen von deinem Ersparten bezahlt.« Luisa nahm den Sonnenhut und drückte ihn Lilli auf die Locken. »Und den kriegst du von mir!«
»Papa hätte mich nie fahren lassen.« Lilli schnallte sich an. »Also gehe ich davon aus, dass du ein gutes Wort für mich eingelegt hast.«
Luisa startete den Motor. »Meine erste Reise in den Süden ging an den Gardasee. Ich und eine Kommilitonin, als Rucksacktouristinnen. Da war ich im zweiten Semester und …«, lachend unterbrach Luisa sich. »Den Rest erzähl ich dir mal, wenn du älter bist.«
Luisa schob eine CD in den Player und die ganze Heimfahrt über sangen sie Luisas englische Lieblingsballaden. Und als sie daheim vor der Einfahrt anhielten, hatte Luisa kein einziges Mal Lillis Aussprache korrigiert.
»Drückst du?«, fragte Luisa.
Lilli griff sich den kleinen Sender und drückte auf den Knopf, um das automatische Tor zu öffnen. Mit dem vertrauten Quietschen schob sich das Tor zur Seite und gab den Blick auf ein altmodisches, chromglänzendes Motorrad frei.
»Stefan hat wohl Besuch.« Luisa parkte neben der Maschine.
Lilli stieg aus und hörte die Stimme ihres Vaters durchs offen stehende Wohnzimmerfenster. »Ich hab dir gleich gesagt, das ist keine gute Idee!«
Lilli schlich sich näher. Hinter dem Sommerflieder blieb sie stehen.

»Ich hab in letzter Zeit viel an sie gedacht, Stefan.« Lilli kam die leise, tiefe Frauenstimme irgendwie vertraut vor, sie konnte sie aber keiner bekannten Person zuordnen.
Da tauchte Luisa neben ihr auf und flüsterte: »Wer ist das?«
Lilli hob stumm die Schultern.
»Der Motorradhändler ist nur dreißig Kilometer von hier, und Katrin Röhrich hat mir am Telefon so viel von ihr erzählt, und sie hat doch bald Geburtstag.«
Plötzlich fing Lillis Herz wie wild zu schlagen an. Mit »sie« war sie selbst gemeint und Katrin Röhrich war die Tochter ihrer Nachbarn und eine ehemalige Freundin von ... – Lilli wurde kurz schwarz vor Augen. Hätte Luisa sie nicht gestützt, wäre sie einfach umgefallen.
»Ich weiß, wer das ist«, flüsterte Lilli.
Da ging die Terrassentür auf und eine Frau kam heraus. Lilli drückte sich an die Mauer. Luisa bog einen Zweig des Sommerflieders beiseite. Lilli sah ihren Vater unentschlossen in der Terrassentür stehen.
Die Frau trug eine schwarze Motorradhose und schwere Stiefel. Die Zipfel ihrer weißen Bluse hatte sie unter der Brust zusammengeknotet, sodass man ihren Nabel sehen konnte. Sie ließ ihren Blick über den Garten schweifen. »Viel hat sich hier nicht verändert.«
»Doch«, sagte Lillis Vater mit fast zorniger Stimme. »Hier hat sich alles geändert, Nadja!«
Lilli wurde von Luisa um die Hausecke gezogen. Hastig schob Luisa Lilli zur Haustür hinein, durch den Flur und ins Wohnzimmer.

Nadja stand draußen auf dem Rasen und bewunderte die Hühner im Freilauf vor dem Gewächshaus. »Du bist unter die Hühnerzüchter gegangen?«
Erst jetzt entdeckte Lillis Vater das Auto in der Einfahrt. »Luisa?«
Im gleichen Augenblick traten Luisa und Lilli auf die Terrasse. Luisa hielt Lillis Hand fest.
Nadjas wassergrüne Augen ruhten auf Lilli.
Ihr Vater streckte eine Hand nach Lilli aus und mit der andern wies er auf Nadja. Es sah aus, als wollte er zwei viel zu kurze Seilenden miteinander verknüpfen.
»Ich weiß, wer das ist«, murmelte Lilli, noch während ihr Vater nach Worten suchte, und setzte sich in Bewegung. Kurz streifte sie ihren Vater mit der Schulter.
Trotz der schweren Motorradstiefel wirkte Nadjas Gang graziös. Kurz vor Lilli ging sie in die Hocke, schlang die Arme um sie und hob sie hoch. Sie presste Lilli an sich und drehte sich von der Terrasse weg. Durch Nadjas Locken hindurch sah Lilli ihren Vater und Luisa ratlos nebeneinanderstehen.

Lilli drückte den Knopf, der elektrische Antrieb surrte, das Tor öffnete sich langsam, und Bob, Very und Enya schoben ihre Räder in die Einfahrt.
»Passwort?«, fragten alle drei und strahlten Lilli an.
»*Roccamare.*« Lilli sagte es mit einem so tiefen Seufzen, dass Bob, Very und Enya sofort merkten, dass etwas nicht stimmte.
»Was ist passiert?« Bob hielt Lilli an der Schulter fest.
»Darfst du jetzt doch nicht mit?«, fragte Very so leise, als wollte sie den Gedanken gar nicht laut aussprechen.
»Ich will nicht.« Lilli versuchte zu lächeln.

Flocke hatte den Kopf in Lillis Armbeuge gelegt und gluckte leise. Um Lilli herum hockten Bob, Very und Enya in dem kleinen Freilauf vor dem Gewächshaus. Auch sie hatten ihre Hühner auf dem Schoß und streichelten sie schweigend. Flocke verrenkte den Kopf und pickte an Lillis Armkettchen herum. In der Werkstatt heulte die Hobelmaschine. Luisa hatte sich kurzfristig mit Henriette verabredet und Nadja war im Nachbarhaus zu Besuch bei ihrer alten Freundin Katrin.

»Wie lange bleibt deine Mutter denn?«, fragte Very. »Vielleicht können wir ja einfach später fahren.«
»Ich glaub, sie ist wegen meines Geburtstags hier.« Lilli setzte Flocke ins Gras. »Ein bisschen ist es ja auch ihrer.«
»Das fällt ihr aber reichlich spät ein, nach all den Jahren.« Enyas dunkle Augen blitzten wütend auf.
»Keine alleine, alle oder keine«, sagte Bob so wild entschlossen, dass Bussi beiseitehüpfte und mit den Flügeln schlug. »Ohne mich wärt ihr ja auch nicht gefahren. Wir machen es uns hier gemütlich und feiern alle Lillis Geburtstag!«
Lilli schüttelte den Kopf und sagte nur drei Worte. »Bandenbuch Seite dreizehn.«
Alle wussten, was auf Seite dreizehn im Bandenbuch stand.
»Oberkükenentscheidung?«, murmelte Very. Lilli nickte.
Bob, Very und Enya redeten sich den Mund fusselig. Mal alle gleichzeitig, mal eine nach der anderen, es half alles nichts. Schließlich blieb ihnen nichts anderes übrig, als Lillis Oberkükenentscheidung einfach zu akzeptieren.
Etwas später verabschiedeten sie sich mit geknickten Mienen. »Ist sie das?«, flüsterte Bob, die als Letzte auf ihr Fahrrad stieg. Nadja spazierte auf die Einfahrt zu.
»Ja, das ist sie.« Lilli hatte fast ein schlechtes Gewissen, weil ihre Freude über Nadja größer war als das Bedauern, nicht mit nach Italien zu fahren.

Lillis Freundinnen radelten an Nadja vorbei und grüßten reserviert.

»Das hat Stefan für dich gemacht?« Nadja strich mit der Hand über die Burgmauer von Lillis Bett.

Lilli starrte auf ihre bereits für Italien gepackten Reisetaschen. Die ganze Zeit schon wollte sie fragen, wie lange Nadja vorhatte zu bleiben, traute sich dann aber doch nicht.

Nadja setzte sich im Schneidersitz neben Sneaker auf den Fransenteppich und kraulte ihn zwischen den Ohren.

Lillis Gedanken stürzten durch Zeit und Raum. Lilli Timeline drehte mit zitternder Hand am Stellrad der Zeitmaschine. Sie wusste, dass es strengstens verboten war, den Ablauf der Geschichte zu ändern, tat es aber trotzdem. Die Zeitmaschine flog in den Nebel aus Sekunden, Minuten und Jahren, und als Lilli Timeline vor der Haustür landete, war alles anders. *Familie Holler* las Lilli auf dem Türschild und steckte den Schlüssel ins Schloss. Er passte.

»Luisa ist total nett.« Nadjas Stimme holte Lilli in die Gegenwart zurück. »Ich bin froh, dass Stefan jemanden gefunden hat.«

Sneaker stellte die Ohren auf und humpelte die Treppe runter. Sein Gipsbein machte dumpfe Geräusche auf den Stufen. Lillis Vater kam aus der Werkstatt, und Lilli hörte, wie er mit Sneaker redete und dann in die Küche ging.

Nadja zeigte auf die Strickstulpen, die neben Lillis Gymnastikanzug in der Ecke lagen. »Und? Bist du gut?«
»Jedenfalls sagt Frau Struwe, ich sei ein Naturtalent.« Lilli hatte das noch niemandem erzählt und spürte, wie ihr die Röte ins Gesicht stieg.
Nadja lächelte. »Nur keine falsche Bescheidenheit.« Sie rollte sich elegant nach hinten ab, stemmte sich in einen kerzengeraden Handstand hoch und sprang dann auf die Füße. »Nie kann man so bei sich selbst sein wie in der Bewegung!«
Lilli machte Nadjas Übung nach und lachte.
Sie ließen sich wieder auf dem Fransenteppich nieder und jetzt sprudelte es nur so aus Lilli heraus. Sie erzählte von den Tanzstunden bei Frau Struwe, von ihren Hühnern, von der *Mystery* und ihrer Bande. Lilli redete, und Nadja hörte sehr aufmerksam zu, bis Luisa von unten zum Abendessen rief.

Allein mit Nadja auf dem Fransenteppich hatte Lilli das Gefühl gehabt zu schweben. Aber jetzt, wo sie zu viert um den Wohnzimmertisch saßen, war alle Leichtigkeit verschwunden.
Lillis Vater sagte kaum ein Wort und räusperte sich oft. Luisa hatte ihre liebe Not, das Gespräch in Gang zu halten. »Das sind Biotomaten.« Luisa schob die Schüssel in Nadjas Griffnähe. »Also ich finde, das schmeckt man.« Sie fasste sich an die Stirn. »Jetzt hab ich glatt den Käse vergessen.« Luisa verschwand Richtung Küche und rief von dort: »Machst du mal einen Wein auf, Stefan?«

Lillis Vater verschwand ebenfalls in der Küche. Lilli und Nadja steckten gleichzeitig ein Stück Tomate in den Mund und mussten lachen.
»Was ist denn so lustig?«, fragte Lillis Vater und stellte eine Flasche Wein auf den Tisch.
Da klingelte es. Lilli lief zur Haustür und öffnete.
»Happy birthday im Voraus!«, sagte Very und überreichte ihr ein in grünes Papier gewickeltes Geschenk.
Enyas Päckchen war rot verpackt. »Aber erst an deinem Geburtstag aufmachen!«
»Du wirst uns fehlen.« Bob drückte Lilli ein weißes Geschenk in die Hand.
»An deinem Geburtstag denken wir in Italien ganz fest an dich!«, sagte Very.
»Und die restliche Zeit auch!« Bob umarmte sie so heftig, dass Lilli Mühe hatte, die Päckchen festzuhalten.
»Willst du den Van sehen?«, fragte Very. »Wir fahren zwar erst morgen Vormittag, aber Opa wollte, dass wir heute schon alles einpacken.«
Lilli legte die Geschenke im Flur ab und begleitete ihre Freundinnen zum Auto, wo Opa Hinsgen hinter dem Steuer saß und in der Bedienungsanleitung blätterte.
Oben am Terrassenfenster tauchte das Gesicht von Lillis Vater auf. Als er merkte, dass Lilli sich umwandte, hob er kurz die Hand.
Lilli fand es traurig, dass er sich so gar nicht über Nadjas Besuch freuen konnte.
»Wirklich schade, dass du nicht mitkommst, Lilli!«, sagte Opa Hinsgen. »Aber verständlich.«

»Wir haben sogar einen kleinen Kühlschrank!« Very beugte sich zwischen die Sitze und klappte einen Deckel hoch.

»Und pass mal auf.« Enya hüstelte kurz und sagte dann laut und deutlich: »Radio!« Und sofort erschallte Rockmusik.

»Sprachgesteuert!«, sagte Very. »Cool, oder?«

»Radio aus!«, rief Opa Hinsgen, und die Musik verstummte.

Ein letztes Mal herzten und drückten die *Wilden Küken* ihr Oberküken und dann fuhr der Van davon.

Lilli winkte, bis die Rücklichter nicht mehr zu sehen waren. Zurück im Haus, brachte sie die drei Päckchen rauf in ihr Zimmer. Sie hängte sich den alten Fotoapparat über die Schulter und lief die Treppe wieder runter.

Am Wohnzimmertisch zählte Nadja gerade einige ihrer Jobs auf. »Ziemlich lange war ich Kassiererin im Supermarkt, aber ich war auch schon Museumsführerin, und zuletzt war ich Fahrradkurier.«

»Ich war immer nur Lehrerin«, sagte Luisa. »Und was anderes könnte ich mir eigentlich auch gar nicht vorstellen.«

»Ich find das nicht schlimm, wenn man immer was anderes macht.« Nadja nahm noch einen Schluck Wein. »Ich bin eben eine Tänzerin, die ab und an kellnert oder Kinokarten abreißt oder …« Nadjas Blick blieb an der Kamera hängen. »Nein, sag bloß, die gibt's noch?«

Lilli reichte Nadja die Kamera. »Papa sagt, da ist sogar noch ein Film drin.«

»Dass du die aufgehoben hast.« Nadja lächelte zu Lillis Vater.
Er lächelte aber nicht zurück, sondern stapelte mit ernster Miene ein paar Teller. »Ich räum das mal in den Geschirrspüler.«
»Warte, ich helfe dir!«, sagte Luisa und folgte ihm mit den Gläsern.
Aus der Küche hörte man leise Luisas und Stefans Stimmen und das Klappern von Geschirr. Lilli setzte sich mit Nadja auf die Couch und ließ sich von ihr die Kamera erklären.
»Soll ich ein Foto machen?« Lilli richtete die Kamera auf Nadja.
»Viel zu dunkel ohne Blitz.«
»Und jetzt?« Lilli schaltete die Stehlampe ein und den Wandstrahler.
»Wenn, dann von uns beiden.«
Lilli blickte Richtung Küche. »Ich frag Papa.«
»Lass mal, wir kriegen das auch allein hin.« Nadja betrachtete den Fotoapparat. »Wie ging das noch mal mit dem Selbstauslöser? Ah, ja.« Sie verstellte einen kleinen Schalter an der Kamera. »Und hiermit transportiert man den Film weiter.« Sie zog einen Hebel und ließ ihn wieder zurückschnappen. »Vielleicht funktioniert sie ja wirklich noch.« Nadja stellte die Kamera auf den Tisch, drückte den Auslöser und huschte schnell zurück zu Lilli auf die Couch. »Bitte lächeln!« Nadja legte den Arm um Lilli und Lilli schob den ihren hinter Nadjas Rücken.
Die Kamera surrte wie ein Aufziehspielzeug und ver-

stummte dann. Für den Bruchteil einer Sekunde schien die Zeit stillzustehen, dann klickte es.

Lilli war wach, bevor ihr Wecker klingelte. Sie stellte ihn aus und zog sich an. Es war Samstag, und Lilli wusste, dass ihr Vater heute zu keiner Baustelle musste. Sneaker setzte gerade zum Kläffen an, da hielt Lilli ihm schnell die Schnauze zu. »Pscht, Sneaker. Ich geh nur schnell Nussschnecken und Brötchen holen.« Danach wollte Lilli Kaffee und Kakao kochen und den Frühstückstisch decken. Und das alles, bevor die andern aufwachten.

Auf leisen Sohlen lief sie runter in die Küche, um ihrem Vater einen Zettel zu schreiben. Weil sie keinen Stift fand, schlich sie rüber ins Wohnzimmer. Auf der Couch schlief Nadja. Mit angehaltenem Atem beugte sich Lilli über sie. Unter den geschlossenen Lidern wanderten Nadjas Augen hin und her und ihre Füße zuckten unruhig. Vielleicht tanzt sie im Traum, dachte Lilli und wollte schon gehen, da fiel ihr Blick auf die Kamera, die an einer Stuhllehne hing.

Enttäuscht stand Lilli vor dem Fotoladen. Die Tür war abgeschlossen und Lilli konnte nirgends ein Schild mit den Ladenöffnungszeiten finden. Sie dachte schon, sie hätte den Fotoapparat umsonst mitgeschleppt, da hörte sie aus dem Laden eine Stimme, und kurz darauf sah sie dem Fotohändler zu, wie er den Film aus der Kamera nahm.

»Also die Kamera ist noch voll funktionsfähig.« Er wiegte den Kopf hin und her. »Ob der Film allerdings noch was wird?«

»Wie lange dauert es?«, fragte Lilli.

»Normale Entwicklung bis Montag oder Dienstag. Express nur dreißig Minuten.« Er nahm die Brille ab. »Kostet allerdings das Doppelte.«

»Dann Express.« Lilli verstaute die leere Kamera in der Einkaufstasche und verließ den Fotoladen.

In der Bäckerei kaufte sie fünf Nussschnecken und eine große Tüte mit Brötchen. Danach setzte sie sich auf den Rand eines steinernen Blumenkübels und aß die überzählige Nussschnecke. Nach zehn Minuten ging sie erneut in die Bäckerei. Diesmal kam sie mit einem Becher Buttermilch und einem Schokoriegel wieder heraus.

Noch bevor die dreißig Minuten um waren, öffnete sich die Tür des Fotoladens, und der Fotohändler winkte sie zu sich. Lilli bezahlte und der Fotohändler gab ihr das Kuvert mit den Bildern. Auf halbem Weg war Lilli dann doch zu neugierig. Sie stellte ihre Einkaufstasche auf einer Bank ab und nahm die Fotos aus dem Umschlag. Ganz oben war das Foto, das sie gestern gemacht hatten. Etwas unscharf und ein bisschen zu dunkel sah Lilli sich und Nadja auf der Couch. Das nächste Bild zeigte eine junge Frau mit einem Baby auf dem Arm. Das Baby hatte winzige Löckchen, die in alle Richtungen abstanden. Lilli blinzelte und schluckte. Sie wollte nicht weinen und doch verschwammen ihr die Fotos vor den Augen.

Mit der Tasche voller Brötchen und Nussschnecken in der einen und dem Schlüssel in der anderen Hand stand Lilli vor der Haustür. Von drinnen hörte sie aufgebrachte Stimmen. Lilli steckte den Schlüssel ins Schloss und öffnete. Die Morgensonne glitzerte auf dem Türschild. Die Namen *Stefan und Lilli Holler* waren eingraviert, das *Luisa Wilhelms* darunter war mit wasserfestem Stift geschrieben. Langsam drückte Lilli die Tür auf.

»Das kannst du ihr nicht antun«, hörte sie ihren Vater aus der Küche.

»Wir haben überhaupt nicht darüber geredet, wie lange ich bleibe«, sagte Nadja.

Lilli hörte erst einen wütenden Laut ihres Vaters, dann Luisas Stimme. »Dass Sie bis zu ihrem Geburtstag bleiben, haben wir alle gedacht, egal, wie wir zu Ihrem Besuch stehen, aber dass Sie jetzt einfach …« Luisa unterbrach sich selbst. »Mich geht das ja nichts an. Stefan, was denkst du denn?«

»Das kannst du nicht machen, Nadja, erst hier aufkreuzen und dann, kaum kommt ein Anruf von deiner Tanzkompanie, wieder abhauen.«

»Ich hatte von Anfang an vor, erst zu den Proben nach München und dann weiter nach Kroatien zu fahren!«, rechtfertigte sich Nadja.

Lilli trat näher an die halb offene Küchentür und beugte sich etwas vor. Nadja hockte auf der Fensterbank, während Lillis Vater aufgeregt hin und her tigerte. »Und wann gedenkst du dann konkret abzureisen?«

»Keine Ahnung, die von der Tanzkompanie rufen mich

zurück, sobald sie die Termine für das Festival in Dubrovnik haben.« Nadja verdrehte genervt den Kopf.
»Und wann ist das?«, hakte Luisa nach, die mit verschränkten Armen an der Spüle lehnte. »Heute, morgen oder übermorgen?«
»Ich fahre wahrscheinlich noch heute nach München«, murmelte Nadja.
Lillis Vater fuhr sich erschöpft mit den Händen über das Gesicht. »Wieso bist du gekommen?« Wie ein Staatsanwalt blieb er vor der Angeklagten auf der Fensterbank stehen. »Wieso, Nadja?«
Nadja drehte den Kopf von ihm weg zur Fensterscheibe. »Weil es auf meinem Weg lag.« Ihre Stimme klang kleinlaut und trotzig zugleich.
Die Einkaufstasche in Lillis Hand wurde immer schwerer. Niemand sagte etwas. Die Uhrzeit auf dem Display der Mikrowelle sprang auf sieben Minuten nach neun. Die drei Menschen in der Küche schienen wie zu einem Gemälde erstarrt. Bisher hatte noch niemand Lillis Anwesenheit bemerkt, aber jetzt schob sie die Tür ganz auf und marschierte in die Küche. Zuerst traf sie Luisas Blick. »Lilli?«
Nadja sprang von der Fensterbank und zugleich wandte sich Lillis Vater um. Lilli schaute weder ihm noch Nadja in die Augen. Sie nahm die große Schüssel von der Anrichte. »Ich hab Brötchen geholt.« Sie sagte es viel zu laut und knallte die Schüssel auf den Tisch. »Und für jeden eine Nussschnecke!« Am ganzen Leib zitternd, kippte Lilli den Inhalt der Tasche in die Schüssel. Einige

Brötchen fielen daneben, eine Nussschnecke rollte vom Tisch, und die Fotos segelten durch die Küche.
Lillis Vater und Nadja bückten sich nach den Fotos, als wären die jetzt das Wichtigste. Luisa hingegen warf einen Blick auf die Mikrowellenuhr. »Das schaffen wir noch!« Sie packte Lilli an der Hand, ging mit ihr raus und schloss die Küchentür. Im Flur kramte sie ihr Handy aus der Sommerjacke an der Garderobe und wählte eine Nummer. »Giulia, ich bin's, Tante Luisa. Wie lang seid ihr denn schon unterwegs?« Sie lauschte kurz in den Hörer und blickte Lilli dann fragend an. »Willst du noch mit nach Italien?«
Lilli nickte.
»Hör mal, Giulia«, telefonierte Luisa weiter. »Sag Herrn Hinsgen, er soll die nächste Autobahnraststätte anfahren.«
Während Luisa Giulia instruierte, lief Lilli nach oben und holte ihre Reisetaschen.
Im Flur wartete Luisa mit dem Autoschlüssel in der Hand. Hinter der Küchentür hörte man Lillis Vater und Nadja ziemlich aufgeregt streiten. Besorgt blickte Lilli Richtung Küche.
»Ich erkläre Stefan alles«, sagte Luisa und schob die Haustür auf.
»Ich hab was vergessen.« Lilli gab Luisa die Reisetaschen und rannte noch mal hoch in ihr Zimmer, leerte die Schulsachen aus ihrem Rucksack und stopfte stattdessen die drei Geschenke der *Wilden Küken* hinein.
Unten im Flur sprach Luisa mit Lillis Vater. Er nickte

und ging dann vor Lilli in die Hocke. »Alles okay, Lilli. Ich an deiner Stelle würde auch fahren.« Er streichelte Lilli mit dem Handrücken über die Wange und zeigte zur Haustür. »Sag auch Nadja noch Auf Wiedersehen!«
Lilli lief zu Nadja, die an ihrem Motorrad stand und in den Satteltaschen wühlte.
»Hier!« Nadja holte ein Paar Ballettschuhe aus der Satteltasche und zupfte das Etikett ab. »Ich finde, das sind die Besten!« Sie drückte Lilli die Schuhe in die Hand. »Alles Gute im Voraus!«
Lilli starrte auf die Ballettschuhe, die zwei Nummern zu groß für sie waren.

Eine halbe Stunde später setzte Luisa den Blinker und zweigte von der Autobahn ab auf den Parkplatz der Raststätte.
»Da sind sie!«, rief Lilli. Hinter einer Reklametafel parkte der schwarze Van mit den getönten Scheiben. Auf dem Autodach hockten aufgereiht drei *Wilde Küken* und hielten Ausschau.
Während Luisa mit Opa Hinsgen und Giulia redete, fielen sich die *Wilden Küken* in die Arme.
»Du hast ja ganz heiße Wangen!«, sagte Bob.
»Wahrscheinlich hab ich Reisefieber«, antwortete Lilli.

Der Motor des Vans war kaum zu hören, so laut schmetterten die Opernsänger ihre Arien aus den Lautsprechern. Lilli war ein wenig übel, weil sie sich die ganze Zeit nach hinten zu Bob und Very drehte. »Ich find's jedenfalls besser so«, sagte Lilli. »Jede für sich. Meine Mutter verpasst ihr Tanzfestival nicht und ich fahr mit euch nach Italien.«

»Mein Vater lebt auch nicht bei uns.« Enya nahm Lillis Hand. »Man will das nicht zugeben, aber innen drin fehlt einem ein Stück.«

Bob und Very berührten Lilli links und rechts an der Schulter. Kurz schwiegen alle. Nur Opa Hinsgen summte hinterm Steuer die Opernmusik mit. Giulia auf dem Beifahrersitz wiegte ihren Kopf in ganz anderem Rhythmus hin und her. Aus den Ohrstöpseln ihres MP3-Players kam garantiert keine Oper.

Fünfzig Kilometer später platzte Very der Kragen. »Opa! Das war jetzt genug Beethoven!«

»Das ist Wagner, Verena«, verbesserte sie Opa Hinsgen. Aber da klatschte Very auch schon in die Hände und rief laut und deutlich »Radio!«.

Aus der sprachgesteuerten Anlage erschallte Rockmusik.

»CD-Player«, artikulierte Opa Hinsgen, und die Oper fing von vorne an.

Eine Weile ging das so hin und her, bis Opa Hinsgen ein Hörbuch einlegte. Es war eine Kriminalgeschichte, die in den Hochmooren Schottlands spielte.

Zuckend blieben Lillis Augen immer wieder kurz an den Bildern hängen, die vor der getönten Autoscheibe vorbeiflogen. Ein Baum, ein Wasserturm, eine Burgruine zwischen bewaldeten Hügeln, Licht und Schatten

in ständigem Wechsel. Lilli wachte auf, weil Very, die inzwischen neben ihr saß, hektisch in ihrer Tasche kramte. »Hab ihn«, rief Very und reichte ihren Ausweis nach vorne zu Opa Hinsgen, den Giulia inzwischen am Steuer abgelöst hatte.
Alle hielten ihre Ausweise bereit, aber sie konnten die Grenze ohne Kontrolle passieren. Sie waren in Italien!

Der Hochmoormörder war längst gefasst und der Kühlschrank zwischen den Autositzen schon ziemlich geplündert, da sahen sie zum ersten Mal das Meer. Silbern und verheißungsvoll schimmerte es hinter den roten Dächern einer Kleinstadt.
Opa Hinsgen langweilte die Fahrgemeinschaft mit Firmenanekdoten, die Very in ihr Gedicht für das Jubiläum einbauen sollte. Plötzlich aber wechselte er das Thema und erzählte von einer Frau Schrader. »Sie hat ziemlich erfolgreiche Werbekampagnen für uns gemacht. Zuletzt habe ich sie auf dem Presseball getroffen.« Er klappte die Sonnenblende herunter. »Sie arbeitet nur noch journalistisch und hat sich im Süden ein Haus gekauft. Genauer gesagt, in Roccamare.«
Lilli versuchte immer wieder, das Meer zu sehen, und stellte sich vor, wie es wäre, in dem Dorf zu wohnen, das tief unterhalb der Straße an der steilen Küste klebte.
Nach einer schier endlos erscheinenden Fahrt auf der kurvigen Küstenstraße, die so schmal war, dass der Van nur langsam und mit äußerster Vorsicht an entgegenkommenden Fahrzeugen vorbeikam, erreichten

sie Roccamare. Sie fuhren durch das kleine Städtchen hindurch, bogen schließlich ab auf eine unbefestigte Straße und hielten nahe einem Pinienwäldchen vor einem zweistöckigen Steinhaus.

Lilli machte die Schiebetür des Vans auf und sprang aus der Kühle des klimatisierten Autos in die abendliche Hitze. Die untergehende Sonne ließ die grauen Steine des Hauses rötlich glühen. Auf etwas wackligen Beinen näherten sich die Reisenden dem Haus. Zwischen den grauroten Dachziegeln wuchsen vereinzelt Disteln.

Hinter einer großen Agave erkannte Lilli eine verrostete Betonmischmaschine neben dem Betonbecken, das wohl eines Tages ein Swimmingpool werden sollte. Ein warmer Wind strich über den Vorplatz. Lilli roch den würzigen Duft von Pinien. Eine ausgeblichene dünne Plastiktüte, die sich an einem aus dem Beton ragenden Eisen verfangen hatte, raschelte.

Einen Augenblick lang standen Opa Hinsgen, Giulia und die *Wilden Küken* etwas ratlos auf der breiten Terrasse.

»Soll ich bei Chiara und Giuseppe anrufen?«, fragte Giulia.

Opa Hinsgen blickte auf die Uhr. »Wir sind ein wenig früher dran, als wir zur Schlüsselübergabe vereinbart hatten.« Trotz der Hitze schlüpfte er in sein marineblaues Jackett.

»Sind das Feigen?« Bob zeigte auf einen Baum, der sich über die niedrige Terrassenmauer beugte. In seinen Zweigen hingen grüne tropfenförmige Früchte. Die

Schatten der ledrigen Blätter bedeckten den Terrakottaboden wie riesige Fußabdrücke.
Very trat von einem Bein aufs andere. »Ich müsste dringend aufs Klo!«
»Geh doch hinter die Büsche!«, sagte Enya.
Very tippte sich an die Stirn.
»Außergewöhnliche Situationen erfordern außergewöhnliche Maßnahmen, Verena.« Opa Hinsgen gab Very einen ungeduldigen Schubs. »Mach schon!«
»Ich geh doch nicht hinter die Büsche«, presste Very hervor.
»Das sind keine Büsche, liebe Verena.« Opa Hinsgen knöpfte einen der goldenen Knöpfe seines Jacketts zu. »Das ist Oleander.«
Da mussten alle lachen. Nur Very verkniff sich das Lachen verzweifelt und trippelte auf die Tür zu. »Vielleicht ist ja gar nicht abgeschlossen.« Sie schob den blauen Perlenvorhang beiseite, der vor der Tür hing, und im gleichen Moment öffneten sich die beiden Türflügel. Fernando und seine Eltern hielten den Ankömmlingen zur Begrüßung Zitronenwasser und Früchte entgegen.
»Benvenuti a Roccamare!«
Auf einem Teller war eine Pyramide aus Feigen aufgetürmt, auf einem zweiten bildete eine aufgeschnittene Wassermelone einen rot-grünen Fächer, und in der Karaffe klirrten Eiswürfel.
»Benvenuti«, zischte Very durch die zusammengebissenen Zähne und sauste an Fernando und seinen Eltern vorbei ins Haus.

Sie saßen um den mit Mosaiken verzierten Terrassentisch und verzehrten die letzten Feigen. Lilli hatte bisher nur getrocknete probiert und war überrascht, wie köstlich die frischen Früchte schmeckten.

»Also, dann zeig ich euch mal das Haus.« Fernando stand auf und berührte Lilli dabei kurz am Arm. Seine Eltern hatten sich bereits verabschiedet und alles Weitere ihm überlassen.

»Die Toilette im Erdgeschoss kenn ich schon«, sagte Very und folgte ihm mit ihrem dritten Glas Zitronenwasser in der Hand.

Fernando schob den blauen Perlenvorhang auseinander, als würde er einen Wasserfall teilen, und zeigte einladend ins Innere der *Villa Cantarella*.

Lilli hielt ihn an der Schulter fest. »Ich würde viel lieber zuerst das Meer sehen!«

»Meinetwegen gern.« Fernando schaute fragend zu Opa Hinsgen. »Das heißt, wenn Signore Hinsgen einverstanden ist.«

Fernando ging ihnen voran, blieb aber zwischen einem alten Schuppen und der Poolbaustelle stehen. Er zeigte hinter sich Richtung Zufahrtsstraße. »Zum offiziellen

Strand muss man da lang und dann rechts dem Wegweiser folgen. Aber ich führe euch zur *Baia rocciosa.*«

Die Sonne war schon untergegangen, aber noch war es nicht dunkel. Im Gänsemarsch folgten sie Fernando, der zwischen den Oleanderbüschen hindurchschlüpfte und sie in einen dämmrigen Hohlweg führte. Links und rechts wucherten Sträucher und über ihnen wölbte sich das Geäst windschiefer Bäume. Armdicke Wurzeln durchzogen den Pfad wie hervortretende Adern. Nach wenigen Minuten erreichten sie einen lichten Pinienwald. Der sandige Boden war übersät mit vertrockneten Nadeln. Es fühlte sich an, als würde man über einen rotbraunen Teppich laufen. »Die Farbe deiner Haare«, murmelte Fernando und lächelte Lilli an.

Aber da sah Lilli das Meer und rannte los. »Wer als Erster am Wasser ist.«

Links von Lilli holten Bob und Very auf. Rechts zog Enya an ihr vorbei. Aus dem Pinienteppich wurde weicher Sand und erschwerte ihnen das Laufen. Lilli blieb stehen und wollte den Augenblick festhalten. Vor ihr lag das Meer! Flache Wellen rollten mit weißem Saum an den teilweise sandigen, teilweise steinigen Strand. Auf der rechten Seite ragte etwas entfernt ein Steg ins Wasser und am Ende der Bucht erhob sich eine Steilküste. Vorgelagerte Felsbrocken bildeten kleine Inseln, von denen einige sich, wie nach Luft schöpfend, nach jeder Welle aus dem Wasser reckten, um dann sofort wieder überspült zu werden.

Lilli machte noch ein paar Schritte. Das Wasser

schwappte über ihre Sandalen und sie stand nur da und lauschte dem Atmen der Welt.
»Die *Baia rocciosa*«, sagte Fernando. »Ihr müsst vorsichtig sein, hier gibt es, *come si dice* auf Deutsch, Meeresigel.«
»Seeigel!«, sagte Enya.
Fernando nickte. »Da drüben gibt es keine Seeigel!« Er zeigte mit der Hand nach links. Ein Wall aus großen Steinen trennte die kleine Bucht, in der sie sich befanden, von einem weitläufigen Sandstrand. Der Steinwall reichte als Wellenbrecher weit ins Meer hinaus. Lilli kletterte auf einen der größeren Steine. Ihre nassen Sandalen quietschten. Sie sah einige letzte Touristen, die gerade ihre Sachen zusammenpackten. Das verärgerte Geschrei von Kindern schallte herüber, die ganz offensichtlich noch nicht nach Hause und ins Bett wollten. Den Sandstrand jenseits des Walls überzog ein Muster aus zusammengeklappten Sonnenschirmen und Liegestühlen.
»Das nennt man wohl Teutonengrill!«, sagte Enya.
»Am Tag ist da alles voll Menschen. Hauptsächlich Deutsche.« Fernando wandte sich wieder um. »Ich bin lieber hier in der *Baia rocciosa*. Es sind gar nicht so viele Seeigel, wie die Touristen glauben.«
Er hob einen flachen Stein auf und ließ ihn übers Wasser springen.
»Sag mal, Fernando?« Opa Hinsgen hatte sich gegen einen Felsen gelehnt, die Hosenbeine hochgekrempelt, und zog sich die Schuhe aus. »Irgendwo an diesem Teu-

tonengrill muss doch auch die Villa von Frau Schrader liegen?«

Fernando nickte. »Contessa Schrader wohnt in der übernächsten Bucht, an der Flussmündung sehen Sie gleich ihr Bootshaus, von da geht es über eine Treppe hinauf zur Villa *Schraderiana.*«

»Contessa, was ist das denn für ein Name?« Very ließ feinen Sand durch ihre Finger rieseln.

»Keine Ahnung, warum die Leute sie Contessa nennen.« Fernando zuckte mit den Schultern.

»Vielleicht, weil sie so vornehm ist wie eine Fürstin«, sagte Opa Hinsgen ein wenig hochtrabend. »Ist es weit zur Villa *Schraderiana*?«

»Eine Viertelstunde«, sagte Fernando. »Falls es dunkel wird, gehen Sie am besten oben die *Via Corallo* zurück, da gibt es Beleuchtung.«

Opa Hinsgen stopfte die Socken in seine geflochtenen Lederschuhe. »Ich mache einen kleinen Abendspaziergang.«

Barfuß marschierte er los, drehte sich aber nach ein paar Schritten noch mal um. Er warf Giulia den Autoschlüssel zu und wies mit den Schuhen in der Hand auf die *Wilden Küken.* »Ihr tut, was Giulia sagt.«

»Also ich sage, wir rufen jetzt erst mal daheim an, und dann ab unter die Dusche«, sagte Giulia, während Opa Hinsgen sich Richtung Teutonengrill entfernte.

Die *Wilden Küken* kramten ihre Handys aus den Taschen und staksten telefonierend durch den nassen Sand. Lilli war froh, die Stimme ihres Vaters zu hören, und er war froh, dass es Lilli gut ging. »Hörst du das Meer, Papa?« Lilli hielt das Handy knapp über das schmale Band weißen Wellenschaums. »Hast du es gehört?«, fragte Lilli.

»Ja, hab ich.«

Lilli zögerte. Sie blickte sich zu den anderen um, die alle schon zu Ende telefoniert hatten. Die Wellen umspülten den Sand unter Lillis Füßen, sodass sie ganz langsam immer tiefer einsank. »Ist Nadja noch da?«

»Nein. Warte, Lilli …«

Kurz hörte Lilli im Hintergrund Luisas Stimme, konnte aber nicht verstehen, was sie sagte. Dann meldete sich ihr Vater wieder. »Schöne Grüße von Luisa, soll ich sagen, und heute ist eine Postkarte an dich beziehungsweise an die *Wilden Küken* gekommen.«

Lilli bat ihren Vater, die Postkarte vorzulesen, winkte die anderen *Küken* zu sich und stellte ihr Handy auf laut.

»Liebe Wilde Küken, ich war noch nie so lange allein wie auf dieser Reise. Keine Familie, keine Freundinnen und vor allem: kein Freund.« Lillis Vater stoppte kurz. »Hier hat sie drei Ausrufezeichen gemacht.« Dann las er weiter vor: *»Verliebt zu sein, ist viel leichter, als allein den Elbwanderweg entlangzulaufen. Ich finde das richtig toll von mir. Man sagt doch, der Weg ist das Ziel! Herzliche Grüße von Eurem Wilden Wanderhuhn Melanie.«*

»Garantiert sieht Melanie selbst in Wanderstiefeln fabelhaft aus«, sagte Very.

»Und wahrscheinlich hat sie einen neuen Freund, wenn sie nach Hause kommt!«, lachte Bob.

Lilli stellte wieder auf leise, wechselte noch ein paar Worte mit ihrem Vater und legte dann auf.

»Also Abmarsch«, mahnte Giulia zum Aufbruch. Widerwillig taten die *Wilden Küken*, was sie sagte.

Lilli streckte noch schnell beide Hände ins Meer und folgte dann den anderen zurück zur *Villa Cantarella*.

Während Giulia duschte, schleppten die *Wilden Küken* ihr Gepäck hinauf in ihr Zimmer. Im ersten Stock der Villa befanden sich ein großes Badezimmer sowie ein kleines Zweier- und ein größeres Dreierzimmer. Das Zweierzimmer hatte Giulia sofort für sich in Beschlag genommen, also teilten sich die *Wilden Küken* das Dreierzimmer. Very und Bob schleppten oben das zweite Bett aus Giulias Zimmer in das Kükenzimmer hinüber, während Lilli unten in der Küche die Obstteller und die Karaffe spülte. Fernando trocknete das Geschirr ab. Hier im Erdgeschoss der Villa war die Küche, die durch einen gemauerten Torbogen mit dem Wohnzimmer verbunden war. Vor der schmalen Tür, die zu einem kleinen Anbau mit eigenem Bad führte, stapelte sich Opa Hinsgens Gepäck, das sie vorhin dort abgestellt hatten.

»Dusche ist frei!«, rief Giulia von oben.

Während Bob duschte, räumten Lilli und Fernando das Geschirr in die Schränke und gesellten sich dann zu Very und Enya, die es sich in den Liegestühlen auf dem großen Balkon vor dem Kükenzimmer bequem gemacht hatten.

»*Baia* heißt Bucht und *rocciosa* heißt felsig.« Enya schaltete die kleine Taschenlampe aus und klappte ihr italienisches Wörterbuch zu. »Ich finde die Felsenbucht auch viel schöner als den Teutonengrill.«

Fernando zündete das Windlicht zwischen den Liegestühlen an.

»*Grazie*, Fernando«, sagte Enya und lächelte ihn an.

»*Prego*. Gern geschehen!«, antwortete er und kauerte sich neben Lilli an die Balustrade. Ein frischer Nachtwind strich über sie hinweg und Lilli spürte in ihrem Rücken angenehm die in den steinernen Pfeilern gespeicherte Sonnenwärme. Es war schon dunkel, leise hörte man von fern das Meer rauschen und etwas näher die Dusche. Lilli legte den Kopf zurück, blickte in den Sternenhimmel und musste daran denken, was die *Olme* in ihr Bandenbuch geschrieben hatten: Endlich Ferien!

Eine Weile unterbrach nur das Zirpen der Zikaden die friedliche Stille. Bis ein plötzlicher Aufschrei aus dem Bad alle aus ihren Gedanken riss.

»Bob, was ist denn?«, rief Very besorgt, und Enya, Lilli und Fernando rannten ihr hinterher durch das Kükenzimmer.

»Sperr auf!« Lilli rüttelte an der verschlossenen Badezimmertür.

»Ich kann nicht«, ertönte von drinnen Bobs hysterische Stimme.

Fernando kramte eine Münze aus der Hosentasche,

steckte sie in den schmalen Schlitz der Schraube unter der Klinke und drehte damit das Türschloss auf. Er trat beiseite und Lilli öffnete die Tür.
Bob stand, in ein großes Handtuch gehüllt, mit panisch aufgerissenen Augen in der Badewanne. »Bleib, wo du bist, Lilli.« Mit einer Hand hielt Bob das Handtuch fest, die andere hatte sie um den Duschvorhang gekrallt.
Erst jetzt erkannte Lilli, was Bob dermaßen in Angst und Schrecken versetzte.
»Was ist denn?« Enya wollte an Lilli vorbei und hinter ihr reckte Very neugierig den Kopf.
»Nicht!« Lilli hielt Enya fest und zeigte auf den kleinen Skorpion, der zwischen Tür und Badewanne über die rosaroten Fliesen kroch.
Fernando schob die Mädchen beiseite und holte in Zeitlupe eine Sprayflasche aus dem Badezimmerschrank. Die linke Hand hielt er zum Zeichen, dass niemand sich bewegen sollte, warnend hoch. So langsam er sich eben noch nach dem Spray gebückt hatte, so schnell drehte er sich jetzt um und sprühte auf das plötzlich flüchtende Tier. Ein chemischer Geruch stieg Lilli in die Nase. Der Skorpion verlangsamte seine Geschwindigkeit und blieb neben Bobs Zehensandalen liegen. Seine schwarzen Scheren zuckten, der Stachelschwanz krümmte sich, dann rührte er sich nicht mehr.
Fernando rollte Klopapier ab, nahm den Skorpion damit hoch und warf ihn in die Toilette. »Ihr Stich ist nicht schlimmer als ein Wespenstich.« Lächelnd drückte er auf den Spülknopf.

Erleichtert atmete Bob auf. Auch Lilli entspannte sich, in ihr mischten sich die Bewunderung für Fernandos beherztes Eingreifen und ihr Mitleid mit dem Skorpion.
Fernando wandte sich an Enya. »Du musst keine Angst mehr haben.«
Aber wie sich gleich herausstellen sollte, rührte Enyas entsetzte Miene nicht von ihrer Angst her, sondern vielmehr von ihrer Wut. Sie griff sich den nassen Waschlappen vom Badewannenrand und schleuderte ihn Fernando ins Gesicht. »Musste das sein?« Sie zeigte auf die Kloschüssel, in der das Tier soeben verschwunden war, und rannte raus.
»Musste das sein?«, riefen jetzt auch Very, Bob und Lilli wie aus einem Mund hinter Enya her.
Der Waschlappen löste sich von Fernandos verdutztem Gesicht und klatschte auf den Boden. Gleichzeitig fiel nebenan die Tür vom Kükenzimmer ins Schloss.

Li Yan Lee kämpfte sich mit der Machete durch den Dschungel. Immer panischer schlug sie sich den Weg frei. Immer wieder griffen Schlingpflanzen nach ihren Beinen, immer schwerer fiel es ihr, sich loszureißen. Ein scheußliches Gefühl der Lähmung machte es Li Yan unmöglich, sich umzudrehen. Hinter ihr näherte sich das rasselnde Geräusch ihres Verfolgers. Bei jedem Schritt sanken Li Yans Füße tiefer in den Morast, schließlich verfing sie sich an einer armdicken Wurzel und stürzte der Länge nach hin. Plötzlich tauchte ein Junge neben ihr auf. »Keine Angst«, flüsterte er mit heiser klingender Stimme. Im gleichen Augenblick brach ein riesiger Skorpion durchs Gebüsch und Lilli fuhr aus dem Schlaf hoch.

Noch ganz benommen, versuchte sie sich zu erinnern, wo sie war. Neben ihr schnarchte Bob. Italien, *Villa Cantarella*. In die Erleichterung über ihr rechtzeitiges Aufwachen mischte sich das leise Gefühl, um den Ausgang des Traums betrogen worden zu sein. Lilli tastete nach ihrem Handy. Das Display leuchtete auf. Es war kurz nach halb drei. Vor vier Stunden hatte sich Fernando verabschiedet. Und als Opa Hinsgen eine halbe

Stunde später heimkam, lagen die *Wilden Küken* bereits in ihren Betten.

Im fahlen Licht des Displays sah das Mückennetz vor der offenen Balkontür aus wie eine undurchdringliche Nebelwand. Lilli leuchtete zu Enyas Bett. Enya hatte das dünne Leintuch, das sie als Decke benutzte, um den Kopf geschlungen und sah aus wie ein Beduine.

Lilli stand auf und ging Richtung Nebelwand. Dabei hielt sie das Handy vor sich auf den Boden gerichtet. Sie hatte keine Lust, barfuß auf irgendwelches Getier zu treten. Leise zog sie die Tür vom Kükenzimmer zu und öffnete die vom Badezimmer. Sie tastete nach dem Lichtschalter und erschrak.

»Licht aus!«, zischte es von unten. »Bist du das, Verena?«

Das war die Stimme von Opa Hinsgen. Lilli entspannte sich.

»Nein, ich bin's. Lilli.«

»Licht aus«, befahl Opa Hinsgen erneut im Flüsterton.

Lilli schaltete das Licht aus und tapste die Treppe runter. »Was ist denn los?«

»Da draußen schleicht einer ums Haus.«

Ein schwaches grünes Licht drang von den Leuchtziffern des Kühlschranks aus der Küche und im Wohnzimmer schimmerte das rote Kontrolllämpchen der Klimaanlage. Lilli reckte den Kopf zum Küchenfenster und zuckte zusammen. Tatsächlich. Eine dunkle Gestalt huschte über die Terrasse und bückte sich. »Er hebt einen Stein auf«, flüsterte Lilli.

Jenseits des gemauerten Durchbruchs stand Opa Hinsgen am kleineren der beiden Wohnzimmerfenster.
Lillis Herz klopfte. »Er will ein Fenster einwerfen!«
Opa Hinsgen trat neben sie. Es war so dunkel, dass Lilli nicht erkennen konnte, was er in der Hand hielt, aber unwillkürlich dachte sie, es sei ein Gewehr, auch wenn ihr nicht klar war, woher er eine Schusswaffe haben sollte.
»Sobald ich rufe, schaltest du die Außenbeleuchtung ein und schließt hinter mir ab.« Opa Hinsgen raffte das Tischtuch vom Tisch und schlich zur Tür.
Lilli ließ ihre Hand suchend über die Wand gleiten und verharrte dann mit dem Finger auf dem Schalter.
Opa Hinsgen riss die Tür auf und sprang nach draußen.
»Hab ich dich!«
Lilli schaltete das Licht ein und wollte gerade die Tür zuschlagen, war aber zu gefesselt von dem Anblick, der sich ihr jenseits des Perlenvorhangs bot. Opa Hinsgen hatte der dunklen Gestalt das Tischtuch über den Kopf geworfen und hielt ihr einen Spazierstock auf die Brust.
»*Attenzione! Hands up! I have a gun* und ich mache auch Gebrauch davon!«
»Nicht schießen, bitte«, flehte es unter der Tischdecke hervor.
Irgendwie kam Lilli die Stimme bekannt vor. Im Licht der Außenbeleuchtung erkannte sie jetzt das Auto und wusste sofort, um wen es sich bei dem Eindringling handelte, der nun mit erhobenen Händen und der Tischdecke über dem Kopf vor Opa Hinsgen stand.

»Bitte. Ich suche nur nach meiner Freundin, *per favore, please, her name is Giulia …*«

»Das ist Justin, Giulias Freund«, rief Lilli.

Die Tischdecke rutschte von Justins Kopf und seine verstrubbelten Haare schauten hervor. Opa Hinsgen hielt noch immer den Spazierstock im Anschlag.

Von dem Tumult wach geworden, kamen Bob, Enya und Very hinzu, und erst während Justin, Opa Hinsgen und die *Wilden Küken* bereits zum wiederholten Mal herzlich über das Missverständnis lachten, ging Giulias Zimmertür auf. Sie stand in ihrem pinkfarbenen Nachthemd auf der Treppe und rieb sich die verschlafenen Augen. »Justin, bist du das?«

Justin rannte raus und kam mit einem zerknautschten Blumenstrauß wieder herein. »Giulia, ich bin die ganze Strecke gefahren, weil ich dir sagen wollte …« Er stockte und suchte vergeblich nach Worten.

»Du hattest die ganze Strecke Zeit, dir auszudenken, was du mir sagen willst, und jetzt fällt dir nichts ein?« Giulia verschränkte die Arme vor der Brust.

»… weil ich dir sagen wollte, dass es dumm von mir war. Wenn du allein etwas unternehmen willst, so ist das dein gutes Recht, und ich hab auch nichts dagegen, wenn du allein in Urlaub fährst.« Er deutete auf Giulias offen stehende Zimmertür. »Denkst du, in deinem Zimmer ist noch Platz für mich und meinen Schlafsack?«

»Justin, du spinnst!«, sagte Giulia. Sie drehte sich weg, knallte die Tür zu und schloss hinter sich ab.

Justin blickte ziemlich dumm aus der Wäsche und

drückte Opa Hinsgen mit einem etwas gequälten Lächeln die Blumen in die Hand. Dann wandte er sich an die *Wilden Küken.* »Helft ihr mir vielleicht, mein Zelt aufzubauen?«

Als Fernando am nächsten Tag mit einem ganzen Korb voller Picknicksachen auftauchte, wunderte er sich nicht schlecht über das Igluzelt zwischen Feigenbaum und Agaven. Aber als ihm die noch etwas verschlafenen *Wilden Küken* dann mit vielen Ausschmückungen das Abenteuer dieser Nacht berichteten, lachte er so vergnügt über jede Kleinigkeit der Geschichte, dass auch die *Wilden Küken* wieder und wieder darüber lachen mussten.
Giulia schlief noch tief und fest und aus dem Igluzelt drang Justins Schnarchen bis zur Terrasse herauf. Nachdem sie Opa Hinsgens Erlaubnis eingeholt hatten, zogen die *Wilden Küken* und Fernando mitsamt Picknickkorb und Badetaschen los Richtung *Baia rocciosa.*
»Vergiss das Gedicht nicht«, rief Opa Hinsgen hinter Very her, die als Letzte der Prozession im Hohlweg verschwand.

Lilli holte Luft und tauchte. Sie musste kräftige Schwimmstöße machen, um gegen den Auftrieb des Salzwassers anzukommen. Sie öffnete die Augen, das Sonnenlicht waberte grünlich über den Meeresgrund. Es gab kaum Pflanzen und bisher hatte Lilli nur einen einzigen Seeigel gesehen. Sie ließ sich nach oben treiben, und während ihre Beine noch in der kühleren Schicht ruderten, umgab ihren restlichen Körper bereits das warme Wasser der Oberfläche. Sie drehte sich um, machte den toten Mann und überließ sich dem sanften Heben und Senken. Durch die Tropfen in ihren Wimpern glitzerten Sonnenstrahlen.

»Lilli, ahoi!« Enya kraulte an ihr vorbei Richtung Ufer. Very hockte auf ihrer Strandmatte, Bob kniete hinter ihr und cremte Verys Rücken ein. Enya stakste vorsichtig zwischen zwei Felsen aus dem Wasser. Sie hatte die Sache mit dem Skorpion nicht mehr erwähnt und Fernando hatte auch kein Wort mehr über die Sache mit dem Waschlappen verloren. Wo war Fernando überhaupt? Lilli ruderte kräftiger mit den Beinen und wischte sich das Salzwasser aus den Augen, da fühlte sie sich am Fußgelenk gepackt und unter Wasser gezogen. Um sich schlagend, tauchte Lilli prustend wieder auf und drückte Fernandos Kopf unter sich weg. Lachend schwammen beide um die Wette ans Ufer.

Enya reichte Lilli ein Handtuch. Neben der blassen Bob sah Enya schon richtig sonnengebräunt aus.

»Was haltet ihr davon?« Very klopfte mit dem Bleistift auf ihr kleines Notizbuch. »Hinsgen-Küchen, das ist wahr, gibt es jetzt schon fünfzig Jahr!«

Bob stöhnte auf, weil Very sie scheinbar schon länger mit ihrem Gedicht nervte, und Enya, weil sie von den Tropfen getroffen wurde, die Fernando sich aus den schwarzen Locken schüttelte.

»Oder ist das besser als Anfang?« Very blätterte zu-

rück. »Ein halbes Jahrhundert Küchenqualität – da hab ich nur noch keinen Reim gefunden.«
Lilli ließ das Handtuch auf die Strandmatte fallen und hängte sich ihre Hühnerfeder, die sie zum Schwimmen abgenommen hatte, wieder um den Hals.
»Morgen nehmen wir unsere Kühlbox mit«, sagte Bob. Die Cola im Picknickkorb war inzwischen handwarm, die Butter auf den Ciabattabroten war längst geschmolzen, und die Fettstückchen quollen aus der Salami.
Enya schüttelte den Kopf, als Fernando ihr versöhnlich ein Stück Wurst anbot. »Ich bin Vegetarierin.«
Fernando zuckte die Schultern und schob sich die Salamischeibe selbst zwischen die Zähne. Kauend verdrehte er die Augen wie ein vom Genuss überwältigter Feinschmecker.
Noch bevor Lillis Bikini ganz trocken war, schlüpfte sie in ihre Shorts, zog ihre kurzärmelige Fransenjacke über und stülpte sich ihren Strohhut auf den Kopf.
Lächelnd schob ihr Fernando den Hut etwas aus der Stirn. »Willst du unser Boot sehen, Cowboy?«
Obwohl er nur Lilli gefragt hatte, marschierten alle vier *Wilden Küken* los und schlenderten mit ihm am Meeressaum entlang Richtung Steg. Bob hatte die Tasche mit den Handys und den Wertsachen geschultert. Enya lief mal voraus und mal ein Stück zurück, als könnte sie die Füße nicht still halten. Aus der Tasche von Verys Strandkleid ragte das Notizbuch. Immer wieder bückte Lilli sich nach Steinen oder Muscheln und steckte die schönsten in die Jackentasche.

Am Ende der Bucht stieg die Küste steil an. Hier war kein Weiterkommen mehr möglich. Eine schmale Treppe führte hinauf zu einem kleinen Parkplatz. Neben dem Steg ragte zwischen zwei Klippen eine Betonrampe schräg ins Wasser. Die Rampe war gerade breit genug für den kleinen Schiffsanhänger, auf dem gut zehn Meter vom Steg entfernt ein Ruderboot befestigt war.

»Nicht so schön wie eure *Mystery*«, sagte Fernando. »Aber, *come si dice* auf Deutsch, funktionsstark.«

»Funktionstüchtig«, verbesserte ihn Enya.

»Können wir damit rausfahren?« Lilli strich über das bernsteinfarbene Holz des Bootsrands und berührte die bewegliche Ruderdolle.

Fernando schüttelte den Kopf. »Das haben meine Eltern verboten.« Er kletterte in das Boot und die *Wilden Küken* folgten ihm. Auf dem Boden lagen alte Taucherflossen zwischen Seilen verschiedener Dicke und Länge. Die eingeholten Riemen wiesen an den Stellen, wo sie bei Gebrauch in den Dollen lagen, tiefe Kerben auf.

»Papa und ich fahren manchmal hinaus zum Fischfang.« Fernando verschränkte die Hände hinter dem Kopf und lehnte sich gegen die Bordwand.

Very tippte mit dem Finger auf dem Touchscreen ihres Nobelhandys herum und schmunzelte zufrieden. »Lang anhaltendes Tiefdruckgebiet bleibt wetterbestimmend!«

»Aber es herrscht doch strahlender Sonnenschein.« Bob fächelte sich mit ihrer Sonnenkappe Luft zu.

»Hier doch nicht.« Very steckte ihr Handy ein. »Am Bodensee schüttet es seit drei Tagen!«

Einen Wimpernschlag lang hatte Lilli das Gesicht Oles vor Augen.
»Siehst du die Insel da draußen?« Fernando drehte Lillis Kopf Richtung Meer und wies auf eine von Wellen umbrandete Felsformation.
»Jetzt ist Flut«, sagte Fernando. »Aber bei Ebbe kann man mit dem ...« Fernando fiel das Wort nicht ein, also hielt er sich die Hände wie ein Fernglas vor die Augen.
»Mit dem Fernglas«, sagte Lilli.
»*Sì,* mit dem Fernglas kann man bei Ebbe den Eingang zur *Grotta d'amore* sehen.«
»*Grotta d'amore?*« Enya leerte den Sand aus ihren Leinenschuhen. »*Amore* wie Liebe?«
Sofort bestürmten auch die anderen *Wilden Küken* Fernando mit Fragen. Er zeichnete eine Skizze der *Grotta d'amore* in Verys Notizbuch und erzählte, dass diese Grotte in der vorgelagerten Felseninsel bei Flut unter dem Wasserspiegel lag. »Aber bei Ebbe kannst du in die *Grotta* hineinschwimmen.« Fernando lachte. »Allerdings kriegt man leicht eine Beule.« Er rieb sich den Kopf. »Manchmal scheint die Sonne so ins Wasser.« Er malte schräge Sonnenstrahlen in die Skizze. »Dann ist in der Höhle ein grünes Leuchten.«
Er hob den Kopf und sah Lilli kurz in die Augen. »Die Leute hier sagen, was man sich im grünen Leuchten wünscht, geht in Erfüllung.« Mit einer übertriebenen Geste streckte er die Hände gen Himmel und verzog das Gesicht, als sei er gegen diese Art Schicksal machtlos. »Und was wünschen sich die meisten? *Amore!*«

Lilli hockte sich seitlich auf den Bug, blickte aufs Meer hinaus und traf mit ihrer Vermutung ins Schwarze. »Natürlich dürfen wir da nicht hin.«
»Ohne Erwachsene rauszufahren, ist verboten«, sagte Fernando. »Der Seegang kann Wasser in die Grotte drücken und man wird gegen die Felsen gequetscht.«
Lilli hielt mit der linken Hand den Strohhut vor die Sonne, um die Insel besser sehen zu können. Aber mehr als ein wenig Gischt und brauner Fels war nicht zu erkennen.

Die Muschel sah so unscheinbar aus, dass Lilli fast daran vorbeigelaufen wäre. Unschlüssig, ob sie sich überhaupt danach bücken sollte, griff sie ins seichte Wasser, wo die Muschelschale zur Hälfte im Sand steckte. Im ersten Moment war Lilli enttäuscht, die Muschel hatte eine Reihe von kleinen Löchern in der verkrusteten Schale. Aber als Lilli sie dann umdrehte, blitzte ein kleines Stück Perlmutt unter dem Sand hervor, der sich in der Muschel angesammelt hatte. Lilli wusch den Sand heraus und konnte es kaum fassen. Die ganze Innenseite schimmerte wie eine Perle.
»Sieht aus wie ein Ohr«, sagte Bob.
»Die Ohrmuschel der Perlmuttprinzessin.« Lilli hielt sich die Muschel vors Ohr und machte einen spitzen Mund. Very knipste sie mit ihrer Handykamera.
Fernando griff sich die Muschel und tat, als wollte er die Schale ausschlürfen. Dabei grinste er frech zu Enya. »Ohrmuscheln schmecken echt lecker!«

»Das ist keine Muschel«, korrigierte ihn Enya. »Das sind Schnecken, und sie heißen auch nicht Ohrmuscheln, sondern Meerohren.«
»Sie hat recht.« Fernando gab Lilli das Schneckenhaus: *»Orecchia di mare.«*
»Seht mal da!« Bob zeigte auf das Pinienwäldchen. Giulia stapfte durch den Sand zur Felsenbucht herunter. Wenige Meter hinter ihr folgte Justin. Den Sonnenschirm der *Villa Cantarella* geschultert und mit einem Liegestuhl unterm Arm, zockelte er hinter Giulia her wie ein Diener.
Giulia breitete ihr Strandtuch aus und lieh sich Verys Sonnencreme, während Fernando und Justin den Stiel des Sonnenschirms einbuddelten. Lilli warf einen Blick auf den Strand jenseits des Steinwalls, wo die Touristen jetzt wie die Ölsardinen nebeneinanderlagen, und war den Seeigeln richtig dankbar für ihre giftigen Stacheln.
»Alle näher zu Giulia!« Very hielt ihr Handy hoch, um ein Foto zu machen. Enya, Bob und Lilli rückten von der einen Seite näher zu Giulia, Justin von der anderen. Fernando schob sich zwischen Bob und Lilli.
»Bitte lächeln!«, verlangte Very mit dem Finger am Auslöser.
Als würden sie damit Verys Kommando befolgen, legte Justin den Arm um Giulia und Fernando seinen um Lilli. Lilli spürte Fernandos Daumen an ihrem Kinn, das Handy piepste.
Sofort verwandelte sich Giulias eben noch freundliches in ein herablassendes Lächeln. »Träum weiter, Justin!«

Sie schob seinen Arm wie etwas Lästiges von ihrer Schulter, schlüpfte in ihre Schwimmschuhe und tänzelte in die Wellen.
Fernando ließ Lilli los und stellte sich neben Very, um das Foto zu betrachten.
»Warte, gleich.« Very tippte auf dem Handybildschirm herum. »Und senden! Da werden die *Grottenolme* aber Augen machen!«
Lilli starrte auf das Foto. Man sah deutlich Fernandos Arm auf ihrer Schulter. Ärger braute sich in Lilli zusammen. »Mann, Very, echt, wieso schickst du das denen? Das blöde Bild ...«
Very grinste zufrieden. »Damit sie so richtig neidisch auf uns werden an ihrem verregneten Bodensee!« Im selben Moment klingelte Verys Handy.
»Das hast du davon«, sagte Lilli ärgerlich. »Jetzt ruft Ole schon an!«
Very ging ran. »Alles, klar ... Ja, Opa, machen wir.«
Sie legte auf. »Opa hat uns heute Abend alle ins *Ristorante Rocco* eingeladen.«
Fernando schnalzte mit der Zunge. »Das beste *Ristorante* der ganzen Gegend.«
»Diese Contessa Schrader kommt anscheinend auch«, sagte Very und fing an, ihre Sachen zusammenzupacken.

Lilli wühlte ihr dunkelgrünes Kleid aus der Reisetasche, hielt es vor sich und schaute unsicher erst in den Spiegel und dann zu Enya, die auf ihrem Bett lag. »Kann ich das anziehen, was meinst du?«
»Das passt total gut zu deiner Lockenpracht.«
Lilli hielt das Kleid höher an ihre rotbraunen Haare.
»Wo ist denn bloß dieses Insektenspray?« Very kam rein, kniete sich vor die Kommode und zog eine Schublade nach der anderen auf. In der untersten fand sie es.
»Hat jemand was dagegen, wenn ich als Erste unter die Dusche gehe?« Very schüttelte das Spray und wollte das Zimmer gerade verlassen, da sprang Enya vom Bett. »Ich!« Sie schnappte Very das Spray weg und verschwand im Badezimmer.
Zehn Minuten später kam sie, in ein Handtuch gehüllt, wieder heraus. Ohne das Spray, aber mit einer leeren Seifenschachtel in der Hand. »Very, du ka-annst.«
»Wo ist das Spray?«, fragte Very und warf einen vorsichtigen Kontrollblick ins Badezimmer.
»Keine Angst, ist alles skorpionfrei.« Wie ein schwarzer Schleier lagen Enyas nasse Haare über ihren Schultern.
»Was hast du da in der Schachtel?«, rief Very. Sie und

Lilli tauschten einen vielsagenden Blick und liefen Enya hinterher, hinaus auf den Balkon, wo Enya sich flink über die Balustrade beugte, um sich gleich darauf aufzurichten. »Dadrin? Gar nichts.« Enya zerknüllte die inzwischen geöffnete Seifenschachtel. »Ich werf die mal in den Papierkorb.« Mit einem allzu harmlosen Lächeln zwängte sie sich zwischen Lilli und Very hindurch zurück ins Kükenzimmer.

Wie eine Brosche hatte Lilli sich das perlmutterne Meerohr mit einer Sicherheitsnadel an den Kragen ihres grünen Kleids gesteckt. Bob trug ihre Rüschenbluse und Schuhe mit Absätzen. Enyas Haare waren kompliziert um den Kopf geflochten, Verys Lippen glänzten, und in ihren Haaren schillerten zwei rosarote Haarclips. Die goldenen Manschettenknöpfe von Opa Hinsgen funkelten in der Abendsonne.

Alle hatten sich in Schale geworfen, sogar Justin. Aber als Giulia nicht in seinem Auto mitfahren wollte, sondern sich auf den Beifahrersitz des Vans setzte, überlegte Justin es sich anders und kroch eingeschnappt in sein Igluzelt.

»Darf ich bitten, die Damen!« Opa Hinsgen öffnete die Schiebetür des Autos und verbeugte sich galant. Die *Wilden Küken* lächelten wie Schauspielerinnen und kamen sich sehr erwachsen vor.

Auf dem Parkplatz trafen sie auf Fernando und dessen Eltern, die Opa Hinsgen ebenfalls eingeladen hatte.

Fernando übersetzte, was sein Vater erzählte. »Das Lokal liegt direkt am Flussufer und ist berühmt für seine schwimmende Terrasse und einen Tintenfisch namens Rocco.«

Der Kellner führte sie durch das Restaurant auf die Terrasse.

»Ihr benehmt euch!«, flüsterte Opa Hinsgen seiner Enkelin zu. »Ich will nicht, dass wir da einen schlechten Eindruck hinterlassen!«

Very verdrehte die Augen.

»Herr Hinsgen! Hier bin ich.« Eine Frau in Opa Hinsgens Alter saß an einem der Tische, winkte sie zu sich und begrüßte alle.

»Und wo sitzen wir?«, fragte Very angesichts des viel zu kleinen Tisches.

»Du bist sicher Veronika.«

»Verena«, verbesserte Very mit etwas pampigem Unterton.

»Nach den Erzählungen deines Opas hab ich euch für viel jünger gehalten.« Contessa Schrader zeigte lachend auf den Nebentisch, an dem eindeutig für Kinder aufgedeckt war. Schälchen mit Gummibärchen standen neben Tellern, von denen Clownsgesichter grinsten.

»Sieht doch lustig aus«, sagte Bob und setzte sich.

»So eine doofe Tussi«, raunte Very, als sie neben Lilli Platz nahm. »Was Opa bloß an der findet?«

Enya zeigte auf ein Aquarium, das wie ein Fenster in die Wand des Restaurants eingelassen war. »Das ist doch Tierquälerei.«

An der vorderen Scheibe klebte ein Tintenfisch.
»Das ist Rocco«, sagte Fernando. »Nach ihm ist das *Ristorante* benannt.« Er schlug die Speisekarte auf. »Die *Moscardini alla genovese* sind hier besonders lecker!«
»Der arme Kerl.« Enya starrte mit empörtem Gesicht zu dem Tintenfisch im Aquarium.
»Was sind denn *Moscardini* dingsbums?«, fragte Lilli nach.
»Winzige Tintenfische mit Pilzen und Knoblauch«, antwortete Fernando – und jaulte auf. Enya hatte mit aller Kraft gegen seinen Oberarm geboxt.
Während Giulia und die Erwachsenen am Nebentisch bestellten, rang Enya sich aber dann doch ein Lächeln ab, weil Fernando ihr geduldig alle vegetarischen Gerichte auf der Speisekarte übersetzte. Der Kellner brachte eine Flasche Wein an den Erwachsenentisch und öffnete sie. Bis endlich das Essen serviert wurde, dauerte es ziemlich lange. Lillis Nudelgericht war zwar nicht vegetarisch, schmeckte aber sehr köstlich.
»Wieso glotzt die denn jetzt so doof rüber?«, maulte Very mit vollem Mund.
Frau Schrader kam kurz an ihren Tisch und betrachtete nacheinander die Hühnerfedern, die alle *Wilden Küken* an ihren Lederbändern um den Hals trugen. »Ihr seid eine Bande, hab ich recht?«
»Wir sind die *Wilden Küken*«, antwortete Lilli stolz.
»Und Lilli ist unser Oberküken!«, sagte Bob.
Very räusperte sich. »Aber das geht niemanden was an!«

Die Contessa nickte und trat wieder neben Opa Hinsgen, der sofort aufsprang und ihr charmant den Stuhl zurechtrückte.

Während des Essens hörte Lilli mit halbem Ohr, wie Frau Schrader am Nebentisch von ihrem ehemaligen Job als Texterin in einer Werbeagentur erzählte. Soweit Lilli es mitkriegte, arbeitete sie inzwischen als freie Journalistin für ein Reise- und Feinschmeckermagazin. Es war kaum zu übersehen, wie sehr Opa Hinsgen bemüht war, einen guten Eindruck auf Frau Schrader zu machen. Und sie legte jedes Mal, wenn sie über einen seiner Scherze lachte, ihre Hand auf Opa Hinsgens Arm. Verys Augenschlitze wurden immer schmaler. »Das ist doch richtig peinlich, wie sie die ganze Zeit mit ihm flirtet!«, grummelte sie in ihre Serviette.

»*Zuppa inglese* für *bambini*, ohne Likör«, erklärte der Kellner, als er das Dessert servierte, das anders, als der Name es erwarten ließ, keine Suppe war, sondern ein zuckersüßes Biskuitdessert mit kandierten Früchten.

Lilli leckte sich einen Rest Sahne aus dem Mundwinkel, und Enya stand neben dem Aquarium und schaute dem Tintenfisch dabei zu, wie er seine Saugnapfarme in Zeitlupentempo aus- und wieder einrollte. Als die Erwachsenen noch eine weitere Flasche Wein bestellten, schlug Fernando vor, einen Spaziergang durch Roccamare zu machen.

Mit finsterer Miene beobachtete Very, wie Opa Hinsgen Frau Schraders Hand nahm und lachend einen Handkuss andeutete. »Jetzt reicht's aber«, zischte Very.

»Kommt, wir fragen, ob wir uns verdrücken dürfen.« Sie nahm einen ihrer beiden rosaroten Clips aus den Haaren und erhob sich. Niemand außer Lilli bemerkte, was Verys Hände anstellten, während sie ihren Opa übertrieben höflich fragte, ob Fernando nicht Reiseführer spielen und ihnen den Ort zeigen dürfte.

Lilli versuchte, überall hinzusehen, nur nicht zu dem Haarclip, mit dem Very den Saum von Frau Schraders Jacke an das Ende des Tischtuchs geklemmt hatte.

»Aber in genau einer Stunde seid ihr wieder hier«, sagte Opa Hinsgen.

Very machte einen Knicks und schob Lilli am Aquarium vorbei aus dem Lokal. »Jetzt werden wir gleich sehen, wer hier einen schlechten Eindruck macht.«

Gemeinsam mit Fernando überquerten Lilli, Bob, Enya und Very eilig die Brücke und dann standen sie auf der anderen Seite des Flusses und schauten hinüber zur schwimmenden Terrasse des *Ristorante Rocco.*

»Passt auf!« Very zeigte hinüber zu dem Tisch, wo Frau Schrader gerade ihr Glas leerte und sich erhob. »Gleich passiert es.«

Im Aufstehen zog Frau Schrader das Tischtuch mit sich, der Wein fiel um, und erschrocken sprang die ganze Gesellschaft in alle Richtungen. Zufrieden rieb Very sich die Hände. »Fernando, du wolltest uns doch den Ort zeigen!«

Fernandos Führung zu den Sehenswürdigkeiten verlief ähnlich wie die der *Wilden Küken* kürzlich für ihn. Als sie nämlich wieder am Parkplatz eintrafen, hatten sie weder die Kirche besichtigt noch die alte Stadtmauer gesehen, dafür aber mit ein paar Freunden von Fernando auf einer Sandbahn nahe der Piazza Boccia gespielt.

»Ich warte hier am Auto«, sagte Enya.

Lilli ahnte, dass Enya sich den Anblick des Tintenfischs in seinem gläsernen Gefängnis ersparen wollte. »Dadrin erwischt Rocco wenigstens kein Hai«, sagte sie tröstend und lehnte sich neben Enya an den Van.

»Ich sage drinnen Bescheid.« Fernando ging allein los Richtung Restauranteingang, aber da kamen ihm Giulia, seine Eltern, Opa Hinsgen und Frau Schrader auch schon wohlgelaunt entgegen. Auf der Jacke der Contessa prangte ein Rotweinfleck.

Hektisch zupfte Very sich den zweiten rosaroten Haarclip aus der Frisur und ließ ihn in der Tasche verschwinden.

Fernandos Eltern verabschiedeten sich wortreich und machten sich mit Fernando zu Fuß auf den Heimweg. Frau Schrader gab erst Lilli die Hand, dann Enya und Bob. Verys Hand schüttelte sie besonders lange, und Lilli dachte schon, gleich gibt es Ärger.

Die Contessa wies auf ihren Rotweinfleck. »Keine Ahnung, wie mir das passieren konnte, aber es war trotz des Missgeschicks ein wundervoller Abend.« Erst jetzt ließ sie Verys Hand los und Opa Hinsgen geleitete die Contessa zu ihrem Auto.

Very atmete hörbar erleichtert auf.

Opa Hinsgen gab Frau Schrader einen flüchtigen Kuss auf die Wange und hielt ihr die Autotür auf. »Gute Nacht, Bea.«
Very schnaubte leise. »Jetzt sind sie schon per Du!«

Reglos nach vorne gebeugt, beobachtete Lilli eine Eidechse, die sich auf der Betonwand der Poolbaustelle sonnte. Mit jedem Atemzug dehnte sich der Leib des Tieres unter der körnig geschuppten Haut. Das laute Reden und Lachen von Fernando und den anderen *Wilden Küken* schien die Eidechse überhaupt nicht wahrzunehmen, wohingegen sie auf die geringste Bewegung von Lilli sofort reagierte. Kaum streckte sie die Hand aus, sauste das Reptil ruckartig einen Meter weiter und verharrte dann wieder.

Lilli hörte Fernando im Geräteschuppen herumkramen, durch die offene Tür konnte sie eine kaputte Hollywoodschaukel und etliche Gartengerätschaften erkennen. Neben einem Stapel Terrakottafliesen stand ein alter Motorroller. Leise vor sich hin fluchend, zerrte Fernando jetzt einen schmalen zweirädrigen Anhänger aus dem Schuppen. Very lag im Schatten des Feigenbaums auf der Terrasseneinfassung und spielte mit ihrem Handy herum, während sich Bob und Enya nach den Feigen streckten. Fernando warf ein altes Fischernetz beiseite und holte einen Schlauch aus einem Mopedanhänger hervor.

Durch das offene Küchenfenster hörte man die Stimme der genervten Giulia. »Mann, Justin, du verkleckerst ja die halbe Sahne!« Eigentlich hatte Giulia die Nachspeise für heute Abend zusammen mit den *Wilden Küken* machen wollen, aber als Justin ihr angeboten hatte, ihr zur Hand zu gehen, hatten sie ihm den Küchendienst widerstandslos überlassen.

Lilli nahm ihren Strohhut ab und rückte näher an die Eidechse heran. Eine türkisfarbene Linie säumte den Körper der schön gemaserten Echse. Lilli ließ den Hut über ihr schweben und stülpte ihn dann schnell über die Eidechse. Noch bevor Lilli einen Gedanken fassen konnte, witschte das flinke Reptil unter der Hutkrempe hervor, sprang von der Betonmauer und verschwand im dürren Gestrüpp. Lilli hob den Hut hoch und wich unwillkürlich zurück. Mit einer Mischung aus Ekel und Reue starrte sie auf ein sich windendes Stück Eidechsenschwanz.

»Der wächst wieder nach.« Plötzlich stand Enya hinter Lilli.

»Er zuckt noch.« Lilli spürte, wie sich die Härchen auf ihren Armen aufrichteten.

»Das dient dazu, Fressfeinde abzulenken.« Enya hielt Lilli die Hand hin und half ihr aus dem Betonbecken.

»Kommt ihr mal?«, rief Fernando.

Dankbar für die Ablenkung, wischte Lilli ihr schlechtes Gewissen beiseite und lief zum Schuppen.

Fernando verknotete den Schlauch zu einer losen Schlinge und steckte den Brausekopf einer Gießkanne auf das Ende. »Man muss nur hier aufdrehen!« Er zeigte auf einen aus dem Boden ragenden Wasserhahn. Es gluckerte kurz, dann rauschte Wasser aus dem Schlauch. Schnell hängte Fernando die Schlinge in den Haken, den er vorhin an die Schuppenwand genagelt hatte. Übers ganze Gesicht grinsend, führte er einen Regentanz auf, der damit endete, dass er in der dunklen Pfütze, die sich auf der ausgetrockneten Erde gebildet hatte, ausrutschte und auf dem Hinterteil landete. Fernando rappelte sich schnell auf, breitete wie ein Artist nach vollbrachtem Kunststück die Arme aus und verneigte sich.

In diesem Augenblick empfand Lilli so viel Zuneigung für ihn, dass sie dem nassen Kerl am liebsten um den Hals gefallen wäre. Sie applaudierte dem Regentänzer und merkte erst jetzt, dass Enya neben ihr stand und ebenfalls klatschte. Auch Bob und Very begutachteten die Gartendusche, und schließlich waren alle klatschnass, noch bevor sie sich auf den Weg ans Meer machten.

Fernando und Lilli zogen gemeinsam die rostige Deichsel des Mopedanhängers, Bob schob von hinten, und Very und Enya sorgten links und rechts dafür, dass er nicht umkippte. Es war kein leichtes Unterfangen, den vollgepackten Anhänger durch den Hohlweg zu manövrieren. An besonders engen Stellen mussten Enya und Very den Sonnenschirm herunternehmen und hinter dem Gefährt hertragen.

Unten in der Bucht nutzten sie das alte Loch erneut für den Sonnenschirm und spannten dann eine Schnur zum Anhänger und hängten ihre Handtücher darüber. Enya schlüpfte in die Badeschuhe und lief runter zum Wasser. Mit ihrer Schwimmbrille sah sie aus wie eine Sportschwimmerin. Lilli, Very und Bob spielten Sonnencremekarussell und cremten sich gegenseitig die Schultern ein.

»Ich kümmer mich dann mal ums Abendessen!« Fernando beugte sich über den Anhänger und holte eine Harpune heraus. Damit hatte keines der *Wilden Küken* gerechnet, als er heute Morgen vorgeschlagen hatte, am Abend für sie alle zu grillen.

Wie auf ein unsichtbares Signal hin richteten sich Lillis, Bobs und Verys Augen auf Enya, die bis zum Bauch im Wasser stand. Als hätte sie die Blicke ihrer Freundinnen im Rücken gespürt, drehte Enya sich um. »Ich hab einen Tintenfisch gesehen.« Begeistert zeigte sie mit den Händen die Größe des Tieres.

Zufrieden nickend, zog Fernando einen Kescher aus dem Anhänger und stapfte los.

»Du vertreibst mir ja alle Fische!« Fernando hatte die Taucherbrille in die Stirn geschoben und schaute verärgert zu Enya, die wie ein verrückt gewordener Quirl das Meer aufwühlte.

Enya überlegte kurz, aber als Fernando anfing, auf Italienisch zu schimpfen, machte sie, dass sie aus dem Wasser kam. Fernando setzte ihr noch ein Stück nach, aber als sie den Sonnenschirm erreicht hatte, galt Fernandos Interesse längst etwas anderem. Gespannt bückte er sich zwischen zwei Felsbrocken über die Wasseroberfläche. Er ließ den Kescher los und schob sich die Taucherbrille vor die Augen, holte Atem und tauchte unter. Seine geschmeidigen Bewegungen verursachten nichts weiter als zwei winzig kleine Strudel. Wie verloren schaukelte der Kescher auf dem Wasser.

Lilli stand auf dem heißen Sand und hielt die Luft an, bis Fernando wieder auftauchte. Triumphierend reckte er einen Tintenfisch in die Höhe, dessen Fangarme sich um seinen Arm rollten. Blitzschnell fuhr Fernando dem Fisch mit bloßer Hand in den Leib und warf dessen Eingeweide ins Wasser. So vertraut Fernando Lilli vorhin bei seinem Regentanz erschienen war, so fremd kam er ihr jetzt vor, wie er da im Wasser stand, den toten Tintenfisch an den Fangarmen packte und ihn mehrmals gegen die Felsen schlug.

Enya würdigte Fernando den ganzen Nachmittag keines Blickes mehr. Und auch Bob und Very waren ihm gegenüber wortkarger als sonst. Lilli war sich nicht sicher, ob Fernando das überhaupt auffiel. Er harpunierte noch ein paar Fische und schleppte dann seinen Fang hinauf ins Haus.

»Wer kommt mit bis zur Flussmündung?«, fragte Enya.

»Ich«, rief Bob.

»Vielleicht kann man von da auch mal einen Blick auf die *Villa Schraderiana* werfen«, sagte Very und begleitete Bob und Enya.

Lilli blieb zurück und fädelte eine kleine Lochmuschel auf ihr Armkettchen. Eine Schar winziger Vögel strich über den Pinienwald hinweg. Zugvögel fliegen ja nur zum Überwintern nach Süden, überlegte Lilli. Also waren das wohl einheimische Vögel. Kurz musste sie an zu Hause denken. An ihren Vater und an Luisa, an Sneaker, an die Hühner, an ihr Zimmer, an die Küche und an Nadja inmitten der Fotos.

»Wo sind denn die anderen?« Fernando kam mit Lillis Schatzschachtel unter dem Arm auf sie zu.

»Ich glaub, die wollen sich mal die *Villa Schraderiana* angucken.« Lilli blickte hoch zu Fernandos Silhouette.

»Die hab ich auf der Terrasse gefunden.« Er legte die Schachtel neben Lilli auf die Strandmatte, nahm seine Taucherbrille vom Anhänger und lief wieder hinunter zum Meer.

Ursprünglich waren Lillis Schwimmschuhe in der Schachtel verpackt gewesen, aber jetzt beherbergte sie Lillis schönste Fundstücke. Sie machte das Gummiband ab und kippte den Inhalt vor sich auf die Strandmatte. Lilli leckte ihren Finger ab und polierte einen besonders ebenmäßigen Stein. Dann sortierte sie die Steine der Farbe nach in die Schachtel und die kleinen Treibholzstücke in den Deckel. Sie häufelte Muschelschalen und Schneckenhäuser nebeneinander auf und legte eine bunte Spirale aus den vom Sand geschliffenen Glasscherben.

Kalte Wassertropfen auf ihrer sonnendurchglühten Haut ließen Lilli herumfahren. Vom Tauchen noch etwas aus der Puste, kniete Fernando sich neben sie. Er öffnete seine Faust, ließ eine wunderschöne Muschel in Lillis mechanisch hingehaltene Hand fallen und lief dann Bob, Very und Enya entgegen, die soeben über den Steinwall kletterten.

Die Form der Muschel erinnerte an einen Schildkrötenpanzer. Sie war dunkelbraun und hatte unregelmäßige hellrote Streifen, der schmale Schlitz an der Unterseite war elfenbeinfarben und gezackt. Lilli stutzte. In die Unterseite waren drei chinesische Schriftzeichen eingraviert. Fernando hatte geschwindelt. Die Muschel war nicht soeben von ihm aus dem Meer herauf getaucht worden, sondern stammte sicher von dem kleinen Bord in der Küche der *Villa Cantarella*, auf dem sich neben einem Schiefen Turm von Pisa und einem langnasigen Pinocchio auch etliche Muscheln, Seeigel und Seesterne befanden. Lilli räumte die Tigerstreifenmuschel zusammen mit ihren anderen Kostbarkeiten zurück in die Schachtel, spannte das Gummi darum und freute sich über das Geschenk, egal, ob es hier aus dem Meer stammte oder aus China.

Giulia war zur Verwunderung aller der Einladung Justins gefolgt und mit ihm auf einen Espresso in den Ort gefahren. Die *Wilden Küken* schnippelten Obst klein, und Fernando knackte die harten Samen aus den Pinienzapfen, die sie auf dem Rückweg gesammelt hatten. Enya erzählte von der Blütenpracht im Garten der *Villa Schraderiana*, und Bob berichtete, wie sie sich gerade

noch rechtzeitig aus dem Staub machen konnten, bevor die Contessa und Verys Opa sie entdeckten.
»Die Angeberin hat ein Motorboot.« Very löste einen Pfirsichstein aus dem Fruchtfleisch. »Und einen riesigen Pool.«
Fernando zeigte hinaus in Richtung Betonbecken. »Hat die *Villa Cantarella* nächstes Jahr auch.«
»Und ihr habt daheim auch einen Pool, du Angeberin.« Bob warf einen der Zapfen auf Very, traf aber nicht. Lilli bückte sich nach dem Zapfen und stellte ihn auf dem Küchenbord genau auf die freie Stelle zwischen den Ziermuscheln. Sie und Fernando blickten sich an und mussten lachen.
»Was ist denn so lustig?«, fragte Enya, die gerade Trauben wusch.
»Komplizierte Geschichte«, stieß Lilli unter Lachen hervor und stibitzte sich ein paar Pinienkerne.

Die *Wilden Küken* bauten zusammen mit Fernando den Grill auf, als Giulia und Justin von ihrem Ausflug zurückkamen, und kurz darauf half Opa Hinsgen der Contessa Schrader aus dem Van.
Fernando warf ein brennendes Zündholz zwischen die Grillkohle. »Ich hoffe, Sie mögen gegrillten Tintenfisch!«
»Wir haben schon ganz exzellent gespeist«, lehnte Opa Hinsgen dankend ab.
Fernando lächelte freundlich zurück, aber Lilli spürte dennoch seine Enttäuschung.

Opa Hinsgen und die Contessa saßen in den beiden Liegestühlen, Justin hatte sich die Luftmatratze aus seinem Zelt auf die Terrasse gelegt, Fernando hockte neben dem Grill auf der Mauer, und die *Wilden Küken* und Giulia hatten es sich auf ihren Strandmatten bequem gemacht.

»Das war mein erstes vegetarisches Grillen«, sagte Fernando und holte die letzten Zucchinischeiben vom Rost. Die riesige Plastikschüssel mit *Panna cotta* und der Obstsalat mit Pinienkernen standen unberührt auf dem Tisch. Nach so viel Brot, Olivenöl und Gemüse waren alle noch viel zu satt für eine Nachspeise.

Bob und Fernando hatten ein italienisches Lied gesungen und jetzt hing die ganze Gesellschaft an Lillis Lippen.

»Langsam öffnete und schloss sich das Maul des Riesenkraken, knirschend mahlten seine Zähne, und suchend blickten sich seine grausamen Augen um. Da entdeckte Oktomokto …« Lilli machte ein lange Pause und blickte sich suchend in der Runde um. Gleich am Anfang der Geschichte hatte Oktomokto Fernando zerfleischt und dann Bob. Erst hatten alle über Lillis Horrorkraken gelacht, aber jetzt warteten alle gebannt darauf, wer Oktomoktos nächstes Opfer werden würde. Lilli schlängelte mit ihren Armen tintenfischartig vor den Gesichtern ihrer Zuhörer herum. »Da entdeckte Oktomokto ein weißes Kleid zwischen den Pinienbäumen.«

»Oh nein«, stöhnten Giulia und die Contessa gleichzeitig, die beide ein weißes Kleid anhatten.

»Immer schneller näherte sich das Ungeheuer«, fuhr Lilli mit Gruselstimme fort. »Die Contessa spürte seinen salzigen Atem im Nacken, seine Fangarme schlangen sich um …« Lilli brach mitten im Satz ab und flüsterte. »Habt ihr das auch gehört?«

Alle starrten sie an. Die Flamme des Windlichts flackerte und ein Windstoß ließ die Kohle rot aufglimmen.

»Lilli, lass das, die Geschichte ist so schon gruselig genug!« Very zog sich die Kapuze ihres Shirts über den Kopf.

Die Äste des Feigenbaums bewegten sich. »Da, hinter Fernando!« Lillis Stimme überschlug sich.

Ein grässliches Grunzen ertönte aus dem Baum, Fernando sprang vor Schreck von der Terrassenmauer und stieß gegen den zugeklappten Sonnenschirm. Einzelne Feigen plumpsten auf die Terrasse, der Sonnenschirm kippte. Eine Gestalt sprang aus dem Baum. »Ich bin Oktomokto und schnapp mir jetzt Lilli!«

Gleichzeitig schleuderte der umstürzende Schirm die *Panna cotta* vom Tisch, und Oktomokto schnappte sich nicht Lilli, sondern fing geistesgegenwärtig die Schüssel auf. Ein Schwall *Panna cotta* klatschte auf Lillis Füße.

»Überraschung!«, grinste Ole und drückte Lilli die Schüssel in die Hand.

»Schon wieder Besuch.« Fernando schaltete die Außenbeleuchtung ein und schüttelte den Kopf.

Jenseits der Terrassenmauer tauchte jetzt auch das Gesicht von Little auf. »Das war eine spannende Geschichte, Lilli, aber …« Little räusperte sich. »Kraken haben keine Zähne, sondern einen kräftigen Hornschnabel!«

»Ich sag Gelatino, dass wir sie gefunden haben.« Ole klopfte seinem Bruder auf die Schulter und lief los. Und kurz darauf winkte er den giraffengefleckten Campingbus zwischen Justins Auto und dem Van hindurch.

Eine knallende Fehlzündung ertönte. Gelatino schlug die Fahrertür zu und bei Giulias Anblick huschte ein Strahlen über sein Gesicht. »Griaß di, Giulia.«

Sofort stellte Justin sich neben Giulia und Gelatinos Strahlen verwandelte sich in ein müdes Lächeln.

Soeben aufgewacht, richtete Mitch sich auf dem Beifahrersitz auf und gähnte. »Sind wir schon da?« Er rekelte sich, schob die Tür auf und rutschte aus dem Bus.

»Gibt's noch was zu futtern?« Blinzelnd zeigte Mitch auf den Grill.

»Ich hab noch jede Menge Tintenfisch«, sagte Fernando und rieb sich so zufrieden die Hände, dass Lilli schmunzeln musste.

Enya schlief schon, Bob war noch unter der Dusche, und Very lag mit ihrem Notizbuch vor sich bäuchlings auf dem Bett und kaute auf dem Bleistift herum. »Ich begrüße Frau Müller und Herrn Meier zur großen Hinsgen-Jubiläumsfeier.«

»Hört sich an, als wärst du immer noch bei der ersten Zeile«, sagte Lilli.

Very pfefferte das Notizbuch auf den Nachttisch und zog sich das Leintuch über den Kopf.

Lilli schlüpfte durch das Mückennetz nach draußen und lehnte sich über die Balustrade. Unten auf der Terrasse räumten Giulia und Justin den Tisch ab und Fernando löschte den Grill. Zischende Dampfwolken stiegen auf und es roch nach Fisch.

Als Fernando sich verabschiedete, klopfte Gelatino ihm auf die Schulter. »Des war da beste Tintenfisch, wo i jemals gessen hob!«

»Stimmt!« Ole stand in der Tür vom Campingbus und putzte sich die Zähne.

»Tintenfisch enthält viel Eiweiß«, ertönte hinter ihm die Stimme von Little. Mitch hockte im Schlafsack auf dem Trittbrett der offenen Seitentür und rülpste wie zur Bestätigung.

Gelatino beobachtete Giulia und Justin dabei, wie sie gemeinsam das Tischtuch ausschüttelten und zusammenfalteten. »Seid's ihr jetzt wieder beinand?«

Giulia und Justin antworteten gleichzeitig. Aus Giulias Mund kam ein »Nein« und aus dem von Justin ein »Ja«.

»Bloß weil du mich auf einen Espresso eingeladen hast, sind wir noch lange nicht wieder zusammen.« Giulia nahm Justin das Tischtuch aus der Hand und verschwand damit im Haus.

Justin zuckte mit den Schultern, seufzte und kroch in sein Igluzelt.

»Ach so, dann is des also dei Zelt!«, sagte Gelatino mit Genugtuung in der Stimme.

Anstatt zu antworten, zog Justin den Reißverschluss zu und knipste im Zelt seine Taschenlampe an. Der Licht-

kegel auf dem Iglu sah aus, als hätte Justin seinen eigenen kleinen Mond.
Hinter sich hörte Lilli Bob ins Kükenzimmer kommen und mit Very flüstern. Unten rollte langsam der Van die Zufahrt herauf. Opa Hinsgen, der die Contessa nach Hause gefahren hatte, stieg aus und wandte sich an Gelatino. »Also, Herr Hadersdorfer, ich habe inzwischen mit den Cantarellas gesprochen.« Opa Hinsgen gab Gelatino einen Schlüssel. »Das ist der Zweitschlüssel. Sie und die Jungs können die kleine Toilette im Erdgeschoss benutzen, aber der Rest des Hauses ist tabu für Sie.«
Gelatino nickte und verkrümelte sich in den Campingbus. Die Tür der *Villa Cantarella* fiel ins Schloss und die Außenbeleuchtung ging aus. Justins Zeltmond erlosch und kurz darauf wurde es auch im Campingbus dunkel. Lilli blickte hinauf zum echten Mond, der gelb und groß am Himmel stand. Von unten herauf drang das Zirpen der Zikaden und im Kükenzimmer schnarchte Bob. Lilli atmete zufrieden die würzige Nachtluft ein. Alles war, wie es sein sollte.

Lilli tastete noch schlaftrunken nach ihrem vibrierenden Handy. Um die anderen nicht zu wecken, lief sie schnell auf den Balkon und ging erst draußen ran.

Es war Luisa. »Ich hab dich doch nicht geweckt?«

»Nein, nein«, sagte Lilli und wischte sich den Schlaf aus den Augen.

Von Bobs Eltern wusste Luisa bereits, dass Gelatino mit den Jungs nach Italien gefahren war, und erkundigte sich, ob alle wohlauf seien.

»Soweit ich das von hier aus beurteilen kann, schlafen die alle noch.« Lilli beugte sich über die Balustrade. Der giraffengefleckte Bus stand noch an seinem Platz, genauso der Van und das Igluzelt. Nur Justins Auto war nirgends zu sehen.

Lilli erkundigte sich nach ihrem Vater, Sneaker und den Hühnern und legte dann auf. Als sie auf dem Weg ins Bad die Kükenzimmertür öffnete, blähte sich das Mückennetz vor der Balkontür und der Duft von Kaffee stieg in Lillis Nase.

Very murmelte im Schlaf: »Fünfzig Jahre Hinsgen-Küchen …« Und drehte sich wieder um.

Lilli nahm ihre Kleider mit und schloss leise die Tür. Als

sie dann fertig angezogen aus dem Bad kam, hörte sie von unten ein Geräusch, sie bückte sich und sah durchs Treppengeländer, wie sich Gelatino aus der Villa schlich. Also war er es, der hier schon in aller Frühe Kaffee gekocht hatte. Erst jetzt entdeckte Lilli das Tablett vor Giulias Zimmertür. Zwischen der Kaffeekanne und der Tasse leuchteten weiße Blüten. Die Oleanderzweige, die eindeutig aus dem Garten der Villa stammten, steckten in einem Bierkrug, auf dem Berggipfel über einem Gewässer abgebildet waren. *Herzliche Grüße vom Bodensee* stand unter dem kitschigen Bild.

Lilli lief hinaus auf die Terrasse. Justin stellte gerade den Motor ab und stieg mit Brötchentüten unterm Arm aus seinem Auto. Bald darauf waren auch Enya, Bob und Very auf den Beinen. Die *Wilden Küken* schleppten einen zweiten Tisch auf die Terrasse und deckten fürs Frühstück. Dann klopfte Very bei ihrem Opa an die Tür, während Gelatino Justin davon abhielt, raufzugehen und Giulia zu wecken.

Fernando kam ebenfalls mit Brötchen und stellte ein Glas selbst gemachter Marmelade seiner Mutter auf den Tisch.

»Wer soll das denn nur alles essen?«, fragte Justin mürrisch.

»Mach dir da mal keine Sorgen«, sagte Lilli und pochte an den Campingbus. »Hallo, alle Bewohner der *Villa giraffa*! Aufstehen, es gibt reichlich Frühstück!«

Mit verknitterten Gesichtern krabbelten die *Grottenolme* aus ihrer fahrbaren Behausung, und Opa Hinsgen trat wie aus dem Ei gepellt ins Freie und verkündete, dass er und Contessa Schrader heute einen Besuch im Etruskischen Museum machen wollten. Zum Glück erwartete er nicht, dass die *Wilden Küken* ihn dorthin begleiteten. Dann machten sich alle über das Frühstück her, und die *Olme* aßen, als hätten sie am Bodensee nichts bekommen.

In den nächsten Tagen besuchten Opa Hinsgen und die Contessa die Sehenswürdigkeiten der Umgebung oder fuhren mit dem Motorboot die Küste auf und ab. Giulia ließ sich abwechselnd von ihren beiden Verehrern hofieren und die *Wilden Küken* und die *Grottenolme* genossen zusammen mit Fernando das Meer vor der Haustür.

Die *Grottenolme* hatten sich am Bodensee drei billige Regenschirme gekauft, die ihnen jetzt als Sonnenschutz dienten. Little saß auf der Leopardendecke und suchte den Horizont mit dem Fernglas ab. Offensichtlich genoss er das Meer am liebsten von Land aus. Er hatte in einem Hallenbad am Bodensee zwar einen Crashkurs gemacht und Lilli sogar sein Schwimmdiplom gezeigt, aber hier war er noch keine Sekunde lang im Wasser gewesen.
Endlich gelang es Ole und Mitch, ihn unter seinem Schirm hervorzulocken. Lilli, Fernando und die *Wilden Küken* zerteilten eine Wassermelone und schauten amüsiert zu, wie Little, nur noch einen Meter vom Ufer entfernt, den Sitz seiner Schwimmschuhe prüfte. »Im

Mittelmeer kommen an die fünfzig verschiedene Haiarten vor. Ganze sechzehn dieser Arten werden über drei Meter lang.« Er wandte dem Meer den Rücken zu. »Und von diesen sechzehn Arten gelten fünfzehn als für Menschen gefährlich.« Trotzig hockte Little sich wieder unter seinen Regenschirm.

Ole kniete sich neben ihn. »Mann, Little, das Wasser ist herrlich, jetzt komm schon.«

Little blickte fragend zu Fernando, der eine Rolle Alufolie aus der Provianttasche holte. »Gab es hier schon Vorfälle mit Haien?«

Fernando schüttelte den Kopf und fing an, die übrige Melonenhälfte in Alufolie zu wickeln.

Widerwillig ließ Little sich erneut von Ole und Mitch Richtung Wasser ziehen. Mitch summte immer lauter die Filmmusik von *Der weiße Hai*. Ole hielt seinen Bruder mit einer Hand am Arm fest, mit der andern versetzte er Mitch einen Rippenstoß. Fernando lief ihnen hinterher und schließlich standen er und die drei *Grottenolme* bauchtief im Wasser. Little verschränkte die Arme und weigerte sich zu schwimmen.

Lilli blinzelte, weil ein Sonnenreflex auf der Alufolie sie blendete, und gleichzeitig schoss ihr eine Idee durch den Kopf. Lilli drückte Very die Alufolie in die Hand. »Kommt, *Wilde Küken*.« Sie griff nach Fernandos Taucherbrille und gab den anderen Zeichen, sich die Tauchsachen von Ole, Little und Mitch zu schnappen.

Die vier schlichen sich rauf in den Schatten der Pinien, um zehn Minuten später in einem weiten Bogen wieder hinunter ans Meer zu huschen. Hinter einem Felsen glitten sie ins Wasser. Lilli atmete durch den Schnorchel, machte knapp unter der Oberfläche ein paar Schwimmstöße und blickte sich dann nach den anderen *Küken* um. Unter Wasser sahen sie mit ihren Brillenaugen wie ganz normale Taucher aus. Zum Test tauchten alle vier *Küken* tiefer. Die an den Schnorcheln befestigte Alufolie hielt. Lilli machte das Okayzeichen, und dann schwammen sie gerade so tief, dass über Wasser nur die Haifischflossen aus Alufolie zu sehen waren. Die vier Kükenhaie schwammen ein Stück weit nach draußen und dann wieder landeinwärts. Erst befürchtete Lilli schon, Fernando und die *Grottenolme* wären nicht mehr im Wasser. Aber als sie kurz auftauchte und die Oberfläche sondierte, sah sie keinen Steinwurf entfernt Ole auf die Schultern von Fernando klettern und von diesem menschlichen Sprungturm aus ins Wasser hechten.

»Jetzt ich«, hörte sie Mitch rufen.

Little saß mit einem Handtuch über den Schultern am Strand und beobachtete seine Freunde durchs Fernglas. Lilli tauchte wieder halb unter. Immer wieder schwappte Wasser über ihre Ohren und dadurch hörte sie nur abgehackt Littles Schreie. Aber das Wort *Haie* kam mehrfach vor. Lilli beschleunigte und sah schließlich zappelnde Füße vor sich. Links von ihr zog mit gleichmäßigen Schwimmstößen der Hai Enya vorbei und näherte sich Fernando. Lilli versuchte, Oles Fuß zu erwischen, aber da bekam sie Wasser in den Schnorchel und musste auftauchen. Salzwasser spuckend, riss sie

sich die Brille vom Gesicht. Ole, Fernando und Mitch stolperten panisch Richtung Strand. Drei silberne Haifischflossen glänzten in den flachen Wellen.
»Es ist Lilli!«, rief Little.
Enya, Very und Bob richteten sich jetzt ebenfalls auf. Ole, Fernando und Mitch stoppten sofort und drehten sich um. Lilli winkte mit ihrer Haifischflosse und lachte, obwohl sie in Oles Gesicht lesen konnte, dass der Boss der *Grottenolme* bereits auf Rache sann.
Aber dann vertilgten sie alle gemeinsam die restliche Wassermelone und die Käsesandwiches aus der Kühlbox.
»Krepier, du Biest«, grunzte Mitch mit vollem Mund und durchbohrte Verys Haifischflosse mit dem Melonenmesser. Er drehte die wenig Angst einflößende Alufolie hin und her. »Also auf die Entfernung hat das wirklich echt ausgesehen.«
»Quatsch, ich hab das gleich erkannt!« Ole machte einen auf cool. »Ich wollte Lilli nur nicht den Spaß verderben.«
»Genau wie ich!«, sagte Fernando noch eine Spur cooler und warf einen Stein ins Meer. »Hier in der Bucht gibt es keine Haie.«
»Aber Tintenfische gibt's hier.« Enya funkelte Fernando böse an. »Noch!«

Lillis Blick folgte einem Vogel, der in großer Höhe über die Felsenbucht hinwegflog. »Wenn ich ein Vogel wäre, dann keiner, der alleine fliegt.«

»Wie kommst du denn jetzt darauf?« Bob wandte den Kopf kurz zu Lilli.
»Sie ist ja ein Vogel, als Oberküken.« Very streute sich Sand auf den Bauch und kicherte.
»Ich wär auch kein Vogel, der in so einem Riesenschwarm mitfliegt«, verfolgte Lilli ihren Gedanken weiter.
Enya drehte sich jetzt auch auf den Rücken. »Sondern?«
»Als Vogel flöge ich immer mit drei anderen *Wilden Küken* durch die Lüfte.« Lillis rechter Fuß berührte den von Bob und an ihrer Schulter spürte sie Enyas Haare. Very streckte den Arm über Enya hinweg schräg nach oben. Lilli musste blinzeln, weil Sand durch die Luft rieselte.
»Kennt ihr die?«, fragte Very und betrachtete die einzige weiße Wolke, die den azurblauen Himmel noch blauer erscheinen ließ.
»*Tylondsa*«, murmelte Bob. »Sie ist uns gefolgt, von der Weiherwiese bis hierher.«
Eine Weile blieben die *Wilden Küken* reglos liegen und sahen der Wolke nach, bis sie hinter den Wipfeln der Pinien verschwunden war. Dann sausten sie hinunter ans Wasser, bespritzten sich gegenseitig und kreischten fröhlich. Eine Zeit lang beteiligten sich auch Fernando, Mitch und Ole an der Wasserschlacht. Schließlich aber scharten sich alle um Little, der am Ufer saß und aus nassem Sand bizarre Türme formte. Dazu ließ er immer wieder Matsch durch seine Hand rinnen, das Wasser sickerte nach unten und hinterließ seltsame Gebilde aus festem, nassem Sand.

»Stalaktit nennt man den von der Decke einer Höhle hängenden Tropfstein«, sagte Little. »Sein Gegenstück ist der vom Boden emporwachsende Stalagmit. Beide Namen leiten sich vom griechischen Wort für Tropfen ab.«

Alle versuchten jetzt, Stalagmiten aus Sand zu errichten. Nur Mitch grinste über Lillis Schulter hinweg. »Stalagtitten«, feixte er, und sofort keckerten die Jungs los.

Lilli drehte sich um. Hinter ihnen spazierte eine großbusige Touristin in einem fast durchsichtigen Strandkleid Richtung Teutonengrill. Die Jungs kriegten sich erst wieder ein, als Enya plötzlich aufsprang und losrannte.

»Euer Schirm!«

Eine Windbö hatte einen der Regenschirme der *Olme* erfasst. Der Schirm trudelte über den Sand und blieb dann an einem Stein hängen. Sie fingen den Schirm wieder ein und vertilgten die letzten Schokoriegel aus der Kühlbox. Ole holte Sonnencreme aus dem Rucksack der Jungs, schmierte sich demonstrativ damit ein und reichte sie an Mitch weiter. »Hier, du Haifischkiller, creme dich lieber auch noch mal ein!«

Lilli wunderte sich ein wenig: Vor Haien wollte der coole Ole keine Angst haben, vor Sonnenbrand aber scheinbar schon. Mitch rieb sich Arme und Gesicht mit der Creme ein.

»Nachdem man im Wasser war, sollte man sich immer neu einschmieren, Very!«

Very wischte sich etwas Sand von den Schenkeln. »Unser Sonnenöl ist wasserfest.«

»Und ich hab meinen Hut«, sagte Lilli und setzte ihren Strohhut auf.
Little bekam von Mitch die Sonnencreme gereicht. »Wasserfest vielleicht, aber nicht rubbelfest!«
»Rubbelfest?!« Very nahm die Sonnenbrille ab und richtete sich auf. »Was soll das denn heißen?«
Little räusperte sich und setzte dann zu einem seiner Vorträge an. »Hundertprozentig wasserfeste Sonnencreme gibt es nicht. In bewegtem Wasser, durch Schwitzen und vor allem durch das Abtrocknen verliert der Schutz seine Wirksamkeit. Also, auf jeden Fall wieder eincremen, sobald man aus dem Wasser kommt.«
»Besser, ich schmier dich ein, Oberküken. Augen zu!« Ole nahm der verdutzten Lilli den Strohhut vom Kopf und cremte ihr das Gesicht ein. Lilli empfand es als ganz angenehm. Sanft verteilte Ole die Creme über ihre Wangen, während Little über Lichtschutzfaktoren dozierte. Lilli grübelte, woran sie der Duft der Creme erinnerte. Plötzlich wusste sie es, aber da war es schon zu spät.
Fernando fiel vor Lachen hintenüber, Mitch zückte sein Handy und knipste drauflos. Und auch Bob, Very und Enya hatten sichtlich Mühe, sich das Lachen zu verkneifen. Very zückte ihren Taschenspiegel und hielt ihn Lilli hin. Ein schokoladenbraunes Gesicht mit weißen Augenringen starrte Lilli entgegen.
»Nuss-Nougat-Creme mit extra hohem Kakaoanteil!«, sagte Little.
Mitch hielt zweierlei Flaschen Sonnencreme hoch und

krakeelte. »Nur die hier hat Lichtschutzfaktor hundert!«

»*Come si dice,* auf Deutsch?« Fernando kugelte sich.

»Selbstbräunend«, prustete Mitch.

Lilli fuhr sich mit dem Finger über die Nase, leckte die Creme ab und grinste Ole an. »Besten Dank fürs Eincremen, mein Süßer!«

Da konnten sich auch Enya, Very und Bob nicht mehr beherrschen und wieherten los. Und dann ging die Sonnencreme mit Lichtschutzfaktor hundert reihum, bis die Flasche leer war.

Mit großem Hallo und ihrem Bocciaspiel unterm Arm kamen Fernandos Freunde aus Roccamare in die *Baia rocciosa*. Schnell waren zwei Mannschaften gebildet. Fernandos Kugel sauste mit solchem Schwung in den Sand, dass sie Oles Kugel beiseitekickte. Eindeutig lag jetzt Fernandos Kugel näher am *Pallino*, wie Allessandro und Vincenzo die kleinere Zielkugel nannten.

Ole hatte noch einen Wurf. »Pass auf, Lilli, ich zeig dir, wie man das macht!« Er holte Schwung und zielte, holte erneut Schwung, stellte sich noch mal anders hin und lockerte den Arm. Dann endlich schleuderte er seine Kugel. Aber anstatt Fernandos Kugel den Platz am *Pallino* streitig zu machen, landete Oles Kugel weiter vom Ziel entfernt als alle anderen. Die Italiener jubelten, während Ole wütend in den Sand kickte.

»Neue Runde?«, fragte Lilli, aber Ole hockte sich bockig in den viel zu kleinen Schatten seines Schirms.

»Spielst du für mich weiter?« Lilli gab Enya ihre Kugeln und setzte sich zu Ole. Sie ließ Sand über ihre Schienbeine rieseln und sah zu, wie sich die winzigen Körner in den feinen Härchen verfingen.
Ole buddelte Löcher, hielt aber mittendrin inne. Er rutschte näher und hielt sein Fundstück zwischen Zeigefinger und Daumen. »Mein Bruder sagt, die heißen Wendeltreppenschnecken.« Er legte das länglich gedrehte Gehäuse auf Lillis Handtuch. Lilli kramte ihre Schätzeschachtel raus und machte das Gummiband ab.
»Wow!« Ole griff in die Schachtel und holte die getigerte Muschel heraus. »Die ist ja toll.«
»Die ist von Fernando.« Lilli wollte Ole soeben die wahre Herkunft der getigerten Muschel offenbaren, da ließ sich Fernando neben der Strandmatte in den Sand plumpsen.
»Die nennt man Chinamuscheln.« Fernando zwinkerte Lilli mit verstohlenem Grinsen zu und wandte sich dann wieder an Ole. »Solche finden nur die besten Muscheltaucher!«
Ole schloss die Faust um die Chinamuschel. Er atmete heftig, griff sich seine Taucherbrille, schnellte hoch und schleuderte die Muschel in hohem Bogen ins Meer. »Das werden wir ja sehen, wer hier der beste Muscheltaucher ist.«
Fernando nahm die Herausforderung an und schnappte sich ebenfalls seine Taucherbrille.
»Lilli gibt das Signal!« Ole ging wie ein Schnellläufer in

Startposition. Fernando machte es ihm nach und nickte zu Lilli.
Fernandos Freunde, Bob, Enya, Very, Mitch und Little näherten sich neugierig. Aufgrund des ständigen Hebens und Senkens der Wellen hatte Lilli die Stelle, an der die Muschel im Wasser verschwunden war, längst aus den Augen verloren. Fernando und Ole stülpten sich die Taucherbrillen über.
»*Pronti, attenti, via!*«, riefen Allessandro und Vincenzo.
»Auf die Plätze, fertig, los!« Mitch klatschte in die Hände.
»Fernando, Fernando, Fernando!« Enya, Very und Bob feuerten, genau wie Allessandro und Vincenzo, Fernando an.
Mitch und Little plärrten Oles Namen. »Ole, Ole …!«
Ratlos, wessen Partei sie ergreifen sollte, stand Lilli in der Mitte und schwieg. Ole und Fernando wetzten um die Wette zum Meer, sprangen über die ersten Wellen und hechteten ins Wasser.
Der Wettkampf dauerte fast eine Viertelstunde. Immer wieder tauchten die Muschelsucher auf, pusteten das Wasser aus den vollgelaufenen Schnorcheln und glitten wieder in die Fluten. Endlich ertönte Jubel und kurz darauf ein Schmerzensschrei. Der Jubel entrang sich der Kehle Fernandos, der als Sieger an Land stapfte, während Ole panisch mit den Armen um sich schlug. »Eine Qualle! Au, verdammt … das brennt!«
Fernando zeigte stolz die getigerte Chinamuschel und überreichte Lilli die Trophäe.

Humpelnd und jammernd näherte sich Ole. Fernando legte die Hand auf Oles Schulter und wies mit der andern auf die drei roten Striemen über Oles Wade. »Feuerquallen sind hier selten. Wahrscheinlich ändert sich das Wetter.«

Ole sank auf Lillis Handtuch und biss die Zähne aufeinander. Lilli war sich nicht sicher, ob die Tropfen in seinen Wimpern Meerwasser oder Tränen waren.

»Das brennt wie Hölle.« Ole presste die Hand auf die Striemen. Seine Lippen waren schmal und fast weiß.

Schließlich redeten alle durcheinander, was man am besten bei Verbrennungen durch die Nesseln der Feuerquallen tun sollte.

»Das Schweinevieh plattmachen!«, zischte Ole und wiegte den Oberkörper vor Schmerz hin und her.

»Die Qualle hat das ja nicht mit böser Absicht getan!«, murmelte Enya neben Lilli zum Glück so leise, dass es Ole nicht hören konnte.

»Ich glaub, man soll Essig drauftun«, sagte Bob.

»Oder einfach mit Meerwasser übergießen?« Very nahm Oles Taucherbrille und kippte ihm den Rest Meerwasser daraus über die Wade.

»Ich war doch grad im Meerwasser!«, schrie Ole schmerzverzerrt.

»Man kann auch Rasierschaum auftragen.« Noch blass vor Schreck über das Unglück seines Bruders, stand Little mit hängenden Armen zwischen den Schirmen. »Und die Tentakelreste mit einer Kreditkarte abstreifen!«

»Aber wir haben keinen Rasierschaum und eine Kreditkarte erst recht nicht!« Oles Stimme überschlug sich vor Schmerz und Ärger. »Und wehe, einer sagt noch mal so ein Wort wie Tentakelreste.«

»Du hast doch Mückengel«, wandte sich Fernando ruhig an Lilli. Anstatt zu antworten, wühlte sie bereits in der Badetasche. Sie kniete sich neben Ole und strich ihm das Gel auf die geröteten Striemen und Fernando reichte ihm den Kühlakku aus der Kühlbox. Ole drückte den Akku gegen sein Bein, schloss die Augen und ließ sich zurücksinken. »Wenn du das Licht am Ende des Tunnels siehst«, sagte Mitch, »lauf nicht darauf zu!«

Lilli räumte möglichst unauffällig die Chinamuschel, die noch unbeachtet auf der Strandmatte lag, in ihre Schatzschachtel und lief dann zu den anderen, die inzwischen eine neue Partie Boccia spielten. Little blieb bei Ole im Schatten sitzen, bis sich zur Abendessenszeit alle gemeinsam auf den Heimweg machten.

Oberboss Ole und Oberküken Lilli überließen ihren Bandenmitgliedern großzügig den Vortritt. Also brausten sich erst Enya, Bob und Very das klebrige Salzwasser unter der Gartenschlauchdusche ab und dann Mitch und Little. Lilli räumte einstweilen zusammen mit Ole den Anhänger aus. Gelatino kniete im Schatten der Oleanderbüsche und reparierte die kaputte Hollywoodschaukel aus dem Schuppen. Er hielt zwei Teile zusammen und streckte sich vergeblich nach dem zu weit entfernt liegenden Schraubenschlüssel. Ole sprang sofort herbei und gab ihm den Schlüssel. Schraubend blickte Gelatino immer wieder zur Terrasse, wo Justin soeben seine Einkäufe vor Giulia ausbreitete.

»Und meine Nachtcreme?«, fragte Giulia.

»Hatten sie nicht, dann hab ich die genommen!« Justin reichte ihr eine Tube aus der Tüte. »Die Frau in der Drogerie hat gesagt, die verwendet ihre Tochter auch.«

Gelatino warf den Schraubenschlüssel mit so viel Schwung in die Werkzeugkiste, dass alle den Kopf nach ihm drehten. »Schau, Giulia! Fertig!« Er klopfte auf die Sitzfläche der Hollywoodschaukel. Eine kleine Staubwolke stieg auf. »Mogst as ausprobiern?«

»Vielleicht stellt ihr sie hierhin.« Giulia wies hinter sich. »Justin, hilfst du Gelatino tragen?«

Lilli wusch sich unter der Gartendusche das Salz aus den Haaren und sah dabei zu, wie Justin und Gelatino gemeinsam anpackten.

»Nicht so schieben, Gelatino«, beschwerte sich Justin.

»Ziag net so, Justin!«, beschwerte sich Gelatino.

Das schwere Gestänge schwankte gefährlich, aber schließlich schafften sie es doch, die Hollywoodschaukel genau dort abzusetzen, wo Giulia sie haben wollte.

»Noch ein bisschen nach links«, sagte Giulia. »Und ein bisschen weiter nach hinten.« Sie ließ sich auf der Schaukel nieder. »Besten Dank, die Herren.«

Justin holte für Giulia ein Kissen aus dem Haus und Gelatino ölte eine quietschende Feder.

Während Ole sich unter der Dusche sein Quallenbein kühlte, wrang Lilli sich das Wasser aus den Haaren. Sie beobachtete einen kleinen blauen Schmetterling, der über den Oleanderblüten schwebte und sich dann in den dunklen Schuppen verirrte. Lilli folgte ihm in den Schuppen und versuchte, den Falter sachte mit der Hand wieder nach draußen zu befördern. Er flatterte ihr um den Kopf und dann an Ole vorbei nach draußen.

Ole zog sich das Handtuch von den Schultern und wischte damit über den Sitz des alten Motorrollers. Lilli verstand die Geste sofort und setzte sich auf das Gefährt. Sie lenkte lachend hin und her. Ole bückte sich währenddessen, rüttelte fachmännisch am Zündker-

zenstecker, berührte den Benzinhahn und roch an den Fingern. »Ich wette, der geht noch. Das ist der Kickstarter!« Er zeigte mit der großen Zehe auf einen Hebel und setzte sich hinter Lilli auf den Roller. »Kleine Probefahrt gefällig?« Ole griff links und rechts neben Lillis Händen an den Lenker.
»Du kannst doch so ein Ding gar nicht fahren.« Lilli fühlte sich halb gefangen, halb umarmt und schob Ole mit dem Rücken von sich weg. Dann stieg sie ab.
»Die Freundin von meinem Dad hat auch so einen!« Ole drehte am Gashebel. »Mit dem bin ich schon oft gefahren! Mindestens fünfmal.«
Lilli wusste, dass das gelogen war und wie sehr Ole seinen Vater seit der Trennung seiner Eltern vermisste. Einen Moment tat er ihr leid. Lilli stand ratlos in der Tür, doch dann drehte sie sich um und lief ins Haus. In der Küche richteten Very und Enya bereits das Abendessen her. Lilli versprach, ihnen gleich zu helfen, wollte sich aber vorher noch umziehen. Im Kükenzimmer blieb ihr Blick an Bobs Bett hängen.
»Bob?«, flüsterte Lilli. »Schläfst du?«
Vorsichtig hob sie die Decke hoch. Bob drehte sich schnell auf die andere Seite.
»Hast du geweint?« Lilli ging um das Bett herum und blickte in Bobs gerötete Augen. Bob schüttelte den Kopf und schniefte.
Lilli setzte sich auf die Bettkante und berührte Bobs Wange. »Bist du krank?«
»Nein, aber ich …« Bob knäulte das Taschentuch in

ihrer Hand. »*Porca miseria!*« Sie wischte sich über die Augen. »Ich bin die Italienischste von uns allen und hab als Erste Heimweh.«
Lilli legte sich neben Bob. »Rutsch mal ein bisschen.« Bob rutschte und da sah Lilli unter der Decke Bobs gelbes Herzchenkissen hervorgucken. »Hey, du hast ja dein Schmusekissen dabei!«
»Sag es bloß nicht den anderen.« Bob drückte sich verschämt das Kissen aufs Gesicht.
»Wenn das so ist …« Lilli sprang auf, wühlte in ihrer Reisetasche und zog unter einem Stapel T-Shirts ihr Plüschküken heraus. Mit Plüschka im Arm legte sie sich wieder neben Bob. »Ich hatte auch schon ein bisschen Heimweh. Unten am Strand.«
»Echt?« Bob klang verwundert und erleichtert zugleich. Lilli drückte die Nase gegen Plüschka und atmete ihren heimatlichen Geruch ein. »Und als du mich wegen Nadja gefragt hast, da hab ich auch viel cooler getan, als ich bin.«
Bob wartete einfach, bis Lilli weiterredete.
»Ich hab euch doch von den Fotos erzählt. Ich als Baby und dann ich heute.«
Bob nickte. »Du fandest das total witzig, weil auf dem Film elf Jahre fehlten!«
»Als ich die Fotos gesehen hab …«, Lilli schloss die Augen, »war ich so traurig und wollte am liebsten ganz einfach verschwinden aus der Welt.«
Bob und Lilli rückten noch näher aneinander. Bob hielt ihr Herzchenkissen im Arm und Lilli ihre Plüschka.

Eine Weile lagen sie nur da und schwiegen. Bis Bobs Magen knurrte. Da mussten beide schmunzeln. »Hast du auch so einen Bärenhunger?«, fragte Lilli.

Und da rief Enya von unten. »Lilli, Bob, kommt ihr?«

Und dann ertönte Verys Stimme: »Abendessen ist fertig!«

Nach dem Abendessen saßen die *Wilden Küken* im Wohnzimmer der *Villa Cantarella* am Tisch und spielten das Malefiz-Spiel, das sie in der Schublade unter der Anrichte entdeckt hatten. Die *Grottenolme* und Gelatino waren noch mal runter an den Strand gegangen. Sie wollten das letzte Tageslicht nutzen und endlich ihren Lenkdrachen ausprobieren, für den es bisher nicht windig genug gewesen war. Giulia lag in ihrem Bett und las und Justin war allein nach Roccamare gefahren.

Der Wind klapperte in der Klimaanlage, und Very klapperte mit dem Würfelbecher, als Opa Hinsgen mit Contessa Schrader hereinkam, die einen ganzen Stapel Reisezeitschriften dabeihatte. Enya, Bob und Lilli grüßten höflich. Nur Very murmelte Unverständliches vor sich hin.

»Verena!« Opa Hinsgen blickte seine Enkelin mahnend an.

Doch Very blickte nicht auf, sondern kerbte mit dem Fingernagel Linien in das Tischtuch.

»Willst du unseren Gast nicht anständig begrüßen?«, ermahnte sie Opa Hinsgen.

»Ach, lass doch, Peter.« Bea Schrader setzte sich auf das

Sofa und klopfte auf die Zeitschriften. »Ich hatte doch versprochen, dir meine Artikel zu zeigen!«

Aber so schnell gab Opa Hinsgen nicht auf. »Verena Graefe, ich bin dein Großvater und wir haben einen Gast!«

Da stand Very auf und machte eine übertriebene Verbeugung vor Frau Schrader. »Ihro Gnaden Contessa Durchlaucht Hoheit von und zu!«

»Anstatt dich so kindisch aufzuführen, solltest du lieber sehen, dass du endlich das Gedicht fertig schreibst, Verena.« Opa Hinsgen sah aus, als würde ihm gleich der Kragen platzen, aber die Contessa zog ihn schnell neben sich aufs Sofa.

Die *Wilden Küken* spielten weiter, während Opa Hinsgen und die Contessa sich leise tuschelnd durch die Zeitschriften blätterten. Enya würfelte so schwungvoll, dass der Würfel auf den Boden purzelte und direkt vor Frau Schraders eleganten Schuhen landete. Die Contessa hob den Würfel auf und gab ihn Enya zurück. Eine Weile stand sie zwischen Very und Bob am Tisch und ließ sich von Lilli die Spielregeln erklären. Dann widmete sie sich wieder Opa Hinsgen.

»Bitte eine Sechs!« Very pustete auf ihre Faust, ließ den Würfel herausrollen und sprang in die Höhe. Der Würfel zeigte eine Sechs. Aber Very kreischte nicht vor Freude, sondern vor Schreck. Beim Aufspringen hatte sie nämlich das Tischtuch mitgerissen und alle Spielsteine kullerten durcheinander.

Am meisten ärgerte sich Very selbst über das Missgeschick, schließlich war sie kurz davor gewesen zu gewinnen. Bob, Enya und Lilli sammelten die Spielsteine vom Boden auf und Very bückte sich nach dem Würfel und erstarrte. Lilli beugte sich zu ihr und sah, was Very sah. Am Tischtuchzipfel klemmte ein rosaroter Haarclip.

»Wie kommt mein …« Verys Mund klappte auf und zu.

Frau Schrader zog den Clip vom Tischtuch und gab ihn Very. »Den wollte ich dir schon lange zurückgeben.« Frau Schrader lächelte freundlich. »Wenn du magst, kannst du mich Bea nennen.«

Eine Sekunde lang dachte Lilli, Very würde gleich ausflippen, aber Very schüttelte die hingehaltene Hand von Frau Schrader. »Dann sind wir also quitt, Bea?«

Frau Schrader nickte. »Kennt ihr Stadt-Land-Fluss? Das war als Kind mein Lieblingsspiel.«

Also spielten sie alle zusammen Stadt-Land-Fluss und sogar Opa Hinsgen spielte mit.

Lilli trat hinaus auf den Balkon. Über dem Meer gingen unaufhörlich Blitze nieder. Donner grollten und der Wind peitschte einzelne schwere Regentropfen vor sich her. Im giraffengefleckten Campingbus brannte Licht und der Lenkdrachen hing am Seitenspiegel. Die *Grottenolme* und Gelatino waren also vom Strand zurück. Und auch Justins Auto parkte wieder neben seinem Iglu. Lilli schloss die Balkontür, kletterte ins Bett und holte unter Enyas erstauntem Blick Plüschka unter der Bettdecke hervor. Very kam mit frisch geputzten

Zähnen aus dem Bad und schaute baff zwischen dem gelben Herzchenkissen, das Bob sich soeben in den Nacken schob, und dem Plüschküken in Lillis Arm hin und her.

»Ja, wenn das so ist.« Very holte ihren Teddy aus dem Koffer und kurz darauf kramte Enya ihre Indianerpuppe aus der Reisetasche. Alle vier *Wilden Küken* mussten schmunzeln und kuschelten sich zufrieden in ihre Decken.

In der Nacht gab es heftige Gewitter. Lilli konnte sich an kein Unwetter mit so scheppernd lauten Donnerschlägen erinnern. Enya sagte irgendetwas von Gewittern auf hoher See, und Very schaltete das Licht ein, aber als die Lampe immer wieder flackerte, als würde die Elektrizität des Gewitters sie nervös machen, schalteten sie es wieder aus und dafür Bobs Taschenlampe ein.

Als die *Wilden Küken* morgens barfuß auf den nassen Balkon tapsten, war der Himmel zwar noch bleiern, aber es hatte aufgehört zu regnen.

»Die Batterie ist leer.« Bob schüttelte ihre Taschenlampe. »Wir sind eingepennt, ohne sie auszuschalten!«

»Wo ist die *Villa giraffa*?« Lilli zeigte nach unten. Dort, wo gestern Abend noch der Campingbus gestanden hatte, war jetzt ein großer trockener Fleck auf dem ansonsten regennassen Platz zu sehen. Hoffentlich sind sie nicht abgereist, dachte Lilli erschrocken.

Der Hohlweg war patschnass, und sie mussten höllisch aufpassen, auf keine der großen Schnecken zu treten, die der Regen aus ihren Verstecken gelockt hatte. In den harzigen Duft der Pinien mischte sich ein leicht modriger Fischgeruch. Wie flüssiges Blei lag das Meer vor ihnen. Der Horizont war kaum auszumachen, so sehr ähnelte die Farbe des Wassers der des wolkenverhangenen Himmels. Der Sturm hatte schwarzgrüne Algenhaufen und jede Menge toter Quallen an den Strand gespült.

»Nicht anfassen, oder willst du, dass es dir wie Ole geht?« Lilli packte Enya am Arm.

»Das sind keine Feuerquallen.« Enya hob eine aus dem Sand und trug sie zum Wasser. »Das sind harmlose Ohrenquallen. Vielleicht lebt sie ja noch.« Aber die Qualle war genauso tot wie all die anderen angeschwemmten Tiere und wurde von den flachen Wellen nur wieder zurück in den Sand gerollt.

Jenseits des Steinwalls fuhr ein Reinigungsfahrzeug über den Sandstrand und sammelte die herumliegenden Quallen und Algenstränge zusammen. Schweigend sahen die *Wilden Küken* zu, wie zwei Männer einen großen toten Fisch auf die Ladefläche warfen.

Giulia stellte sich den Fahrersitz des Vans richtig ein.

»Mann, war das eine Nacht, ich hab schon geglaubt, es weht mich mitsamt meinem Zelt davon.« Justin schnallte sich auf dem Beifahrersitz an.

Hinten saßen abfahrbereit die *Wilden Küken*. Die Contessa hatte Opa Hinsgen in ihrem Auto abgeholt, und

er hatte Giulia erlaubt, den Van zu nehmen und nach Roccamare zu fahren.
Sie parkten in einer Seitenstraße der Piazza gleich hinter dem giraffengefleckten Bus und bummelten durch die engen Gassen und stiegen abgewetzte Steintreppen hinauf und hinunter, wobei sie Ausschau nach kleinen Geschenken für ihre Familien hielten.
Auf Bobs Nase standen Schweißperlen. »Ich kann doch nicht nur Mama was mitbringen und Papa nichts«, sagte sie zu Enya. »Wenn schon Mitbringsel, dann für alle.« Sie betrat einen etwas heruntergekommenen kleinen Souvenirladen und kam wenig später mit einer Tüte in der Hand strahlend wieder heraus. »Jetzt fehlt mir nur noch was für Siegi!«
Lilli hielt immer wieder Ausschau nach den *Grottenolmen*, konnte sie aber nirgends entdecken. Als Giulia in einem Schuhgeschäft verschwand, beschlossen die *Küken*, die Kirche San Domenico und die alte Stadtmauer zu besichtigen.
Als sie wieder aus der Kirche traten, war die graue Wolkendecke aufgerissen, und hinter ihnen ertönten plötzlich die bekannten Stimmen von Ole und Mitch, die sich ein Softtennisspiel gekauft hatten und es beim Laufen schon mal ausprobierten.
Auch Giulia kam mit einem Schuhkarton in der Hand hinzu und hockte sich mit Justin und Gelatino auf eine steinerne Bank. Sie schlüpfte in ihre neuen Sandalen, ging ein paar Schritte und schüttelte den Kopf. »Könnte die einer von euch beiden für mich zurückbringen? Ich

bräuchte sie doch eine Nummer größer oder das Geld zurück.«

Gespannt warteten alle darauf, dass ein Streit zwischen Justin und Gelatino ausbrechen würde, wer Giulia den Gefallen tun dürfte. Doch sie wurden enttäuscht.

»Also i kauf mir jetzt a Eis bei meim Kollegen da drüben«, verkündete Gelatino, stand auf und verschwand in der *Gelateria Antonio*.

Irritiert schaute Giulia ihm nach und wandte sich dann an Justin. »Das Schuhgeschäft ist in der zweiten Querstraße hinter dem Bocciaplatz.«

»Ich glaub, ich könnte jetzt auch ein Eis vertragen«, sagte Justin und lief Gelatino hinterher.

Giulia schüttelte den Kopf und stolzierte selbst zurück zum Schuhgeschäft. Die *Wilden Küken*, Ole und Mitch stießen sich an und prusteten los.

»Wo ist eigentlich Little?«, fragte Lilli, als sie sich wieder beruhigt hatten.

»Kommt mit.« Ole und Mitch führten die Mädchen über die Piazza, durch einen schmalen Torbogen zu einem kleinen Platz. Little saß auf einer Mauer und spielte mit einem alten Italiener Schach. »Sie spielen schon eine halbe Stunde«, sagte Mitch.

Auf einem an der Mauer lehnenden Besen hing Littles Käppi mit Nackenschutz. »Das ist Littles Einsatz«, erklärte Ole.

»Und was kriegt Little, wenn er gewinnt?«, fragte Very.

Ole zuckte mit den Schultern. »Keine Ahnung, wir können doch kein Italienisch!«

Der alte Mann rieb sich nachdenklich über die Bartstoppeln, hob die Hand und wollte schon nach dem Springer greifen, überlegte es sich dann aber anders. Quälende fünf Minuten warteten alle auf seinen Zug. Aber nichts geschah.

»Wir kaufen uns auch ein Eis«, rief Ole zu Little, und er, Mitch und die *Küken* drehten wieder um. Mit den Eistüten in der Hand setzten sie sich zu Justin und Gelatino, die einhellig nebeneinander am Flussufer hockten.

»Da drüben ist ja Fernando!« Enya sprang auf und lief winkend zu Fernando, der vor dem *Ristorante Rocco* stand. »Den wollte ich sowieso um etwas bitten.«

»Um was denn?«, fragte Lilli, aber da war Enya auch schon rauf auf die Brücke gerannt und redete dort mit Fernando. Schließlich verschwand sie mit ihm im Inneren des Restaurants.

Von der anderen Seite kam Giulia mit einer Schuhschachtel. Sie zeigte ihrer Schwester die umgetauschten Schuhe und tat, als wären Gelatino und Justin Luft für sie.

Mit enttäuschtem Gesicht kam Enya zusammen mit Fernando wieder aus dem Restaurant. Noch auf der Brücke erklärte sie den Grund ihrer Enttäuschung. »Die wollen mir Rocco nicht verkaufen. Sie haben mich nur ausgelacht.«

Lilli blickte zu Fernando, aber er machte keinen Witz über leckere Tintenfische, und er lachte auch nicht über Enya, sondern sah fast genauso traurig aus wie sie.

Der Schachspieler und Little waren nicht mehr an ihrem Platz. Sie dachten schon, sie hätten Little verloren und müssten jetzt ausschwärmen und ganz Roccamare nach ihm absuchen, aber als sie von der Piazza in die kleine Nebenstraße einbogen, lehnte er am Giraffenbus und wartete auf sie. Seine Kappe mit Nackenschutz trug er auf dem Kopf, also hatte er das Schachspiel wohl gewonnen. Lilli wollte ihn gerade nach seinem Gewinn fragen, da kam Giulia und scheuchte die *Wilden Küken* und Fernando in den Van. Gelatino schloss den Bus ebenfalls auf und die *Olme* kletterten hinein.

»Ich fahr bei Gelatino mit«, sagte Justin und setzte sich neben ihn auf den Beifahrersitz. »Tolles Gefährt, übrigens!«

Giulia murmelte wütend etwas vor sich hin und steckte den Schlüssel ins Zündschloss. Lilli stand als Letzte auf dem schmalen Bürgersteig und zögerte.

»Komm!« Fernando beugte sich aus dem Van. »Du kannst neben mir am Fenster sitzen.«

Gleichzeitig streckte Ole den Kopf aus dem Giraffenbus. »Fahr doch mit uns mit! Wir haben coole Musik hier drin!«

Giulia startete den Van. Schnell stieg Lilli ein und setzte sich neben Fernando. Als sie aus der Parklücke hinausfuhren, zogen Giraffenflecken an Lilli vorbei und Oles finsteres Gesicht.

Lilli kauerte am Waldrand im lichten Schatten und schüttelte Pinienkerne aus den gesammelten Zapfen. Immer wieder schweifte ihr Blick über die *Baia rocciosa*. Die Sonne schien wieder, das Meer leuchtete blau, und vom Touristenstrand drang fröhliches Gelächter herüber. Die *Grottenolme* hatten ihren Lagerplatz diesmal weit entfernt vom Sonnenschirm der *Wilden Küken* aufgeschlagen. Very plagte sich auf ihrem Strandlaken mit dem Gedicht ab, Fernando, Enya und Bob ließen sich weit draußen von den Wellen schaukeln, Mitch schnorchelte nah am Ufer um die vorgelagerten Felsbrocken herum, und Ole und Little hockten unter ihren Regenschirmen. Eigentlich hatte Lilli die Pinienkerne für die *Wilden Küken* gesammelt, aber jetzt klaubte sie die Kerne schnell in ihren Strohhut und lief damit zu Ole und Little.

Little erhob sich. »Ich konnte noch nie so gut schwimmen wie heute.« Er trug altmodische Hosenträger zu seiner Badehose und strahlte voller Stolz.

Lilli musste über ihn lächeln. »Du hast wohl Angst, dass dir die Badehose davonschwimmt?«

»Das ist sein Gewinn«, erklärte Ole.

»Nach Damenopfer matt in neun Zügen«, sagte Little und stakste auf wackligen Beinen ins Wasser.
»Halt mal die Hände auf.« Lilli trat zu Ole und schüttete ihm die Pinienkerne in die aufgehaltenen Hände. Ole saß einen Augenblick lang da wie in Stein gemeißelt, dann warf er die Pinienkerne Richtung Meer. Mit dem Geräusch plötzlich einsetzenden Regens prasselten sie ins Wasser.
»Depp«, murmelte Lilli.
»Und du bist eine …« Ole ahmte Fernando nach. »*Come si dice* auf Deutsch, eine blöde Kuh!«
Lilli lief weg. Auch ohne sich noch mal umzusehen, wusste sie, dass sein Blick genauso finster war wie vor anderthalb Stunden hinter der Scheibe des Giraffenbusses.

Die *Grottenolme* hatten ihr Lager schon früh abgebaut. Nun hatte auch Lilli keine Lust mehr zu bleiben, aber da Fernando, Very, Enya und Bob noch nicht zurückwollten, machte Lilli sich allein auf den Weg. Als sie bei der Villa ankam, stellte sie sich als Erstes unter die Gartendusche. Lilli drehte das Wasser ab und legte den Kopf schräg, um einen Tropfen aus dem Ohr zu bekommen.
»Wasserteufel mit dreifachem Schwabbelschlag!«, hörte Lilli Mitchs Stimme. Die *Grottenolme* hockten hinter ihrem Campingbus im Schatten und verglichen ihre Fantasyspielkarten.
»Tiefseemonster mit Glibbersprengstoff«, sagte Ole.

Zwischen den Badehosen der Jungs hingen auch Littles Hosenträger an der provisorisch aufgespannten Wäscheleine.

Lilli trocknete sich ab und lief ins Haus. Giulia stand in der geöffneten Tür ihres Zimmers und hielt Lilli zwei verschiedene Kleider entgegen. »Welches ist besser?«

Lilli fiel ein, dass Giulia und Bob heute noch ihre Verwandten besuchen wollten. Sie zeigte auf das längere der beiden Kleider. »Wo sind denn Justin und Gelatino?«

Als würde sie das nicht im Geringsten interessieren, zuckte Giulia mit den Schultern. »Soweit ich weiß, sind die mit Justins Auto in die nächste Stadt gefahren.«

Lilli trat ins Kükenzimmer und wollte sich gerade umziehen, da entdeckte sie einen Zettel auf ihrem Bett. *Überraschung auf dem Balkon. F.*

Lilli musste daran denken, wie fröhlich Fernando ihr hinterhergewinkt hatte, als sie vorhin allein losmarschiert war. Neugierig schob Lilli das Mückennetz beiseite und drehte den Türgriff. Sie spürte einen leichten Widerstand, drückte fester, dann gab die Tür ruckartig nach. Ein Schwall Wasser landete in Lillis Nacken. Vor Ekel laut aufkreischend, wischte Lilli sich eine Qualle von der Schulter. Weitere Quallen lagen auf dem Boden und über ihr baumelte ein Plastikgefäß. Das Klebeband löste sich vom Türsturz, das Gefäß knallte auf den Boden, und eine letzte Qualle rutschte Lilli vor die nackten Füße. Lilli sprang zur Seite. Eine Qualle, die in ihren Haaren hing, berührte ihre Wange. Angewidert zupfte Lilli sich das gallertartige Ding aus den Locken und schleuderte es über die Balustrade. Erst jetzt sah sie die *Grottenolme*. Alle drei standen auf dem giraffengefleckten Autodach und grinsten fies.

Lillis Wut überwog ihren Ekel. Sie packte die toten Quallen und warf damit auf die *Olme*, die grölend vom Bus hüpften. Mitch brachte sich als Erster hinter dem Bus in Sicherheit. Lilli verfehlte Ole. Aber jetzt sauste die letzte Qualle genau auf Oles Kopf zu! Sie wollte schon jubeln, aber da rannte der flüchtende Little genau in die Schusslinie.

»Zum Glück sind es nur Ohrenquallen, lateinisch *Aurelia aurita*«, hörte Lilli ihn noch rufen, dann war auch er hinter dem Bus verschwunden.

Lilli genoss die Einsamkeit und Ruhe in der *Villa Cantarella* und hatte sogar Spaß daran, sich nützlich zu machen. Sie putzte die Küche blitzblank, fegte die Terrasse und wusch das Tischtuch in einem Zuber. Bob und Giulia waren zu Besuch bei ihren Verwandten. Opa Hinsgen und die Contessa wollten Very unbedingt bei einer Motorboottour zu den malerischsten Küstenstädten dabeihaben, und Enya hatte sich überreden lassen, Very zu begleiten.

Als Lilli das nasse Tischtuch zum Trocknen an die Leine hängte, blieb ihr Blick an der Heckklappe des Campingbusses hängen. Die *Grottenolme* hatten sich vorhin, mit ihren Softtennisschlägern bewaffnet, auf den Weg zum Strand gemacht. Lilli trat näher. Die Hecklappe war nicht richtig eingerastet. Sie drückte sie hoch und kletterte in den Bus. Die *Villa giraffa* war, mal abgesehen von all den Klamotten und Schokoladenpapieren, die herumlagen, perfekt eingerichtet. Es gab eine winzige Küche, überall waren Gepäcknetze angebracht, ein Tisch befand sich zwischen zwei der vier Klappbetten, die zugleich als Sitzbänke dienten. Unter den Betten gab es herausziehbare Schubkästen mit Deckel. Lilli stand neben dem Bett, auf dem ein T-Shirt von Ole lag. Sie zögerte kurz, öffnete dann aber doch den Schubkasten, der sich darunter befand. Zwischen verknitterten Kleidungsstücken ragten die Henkel einer Plastiktüte hervor. Lilli zog an den Henkeln und las den Werbeaufdruck *Scherzartikel Strobele*. Ole hatte am Bodensee wohl keine Kosten gescheut und seine Sammlung erweitert. Lilli lugte in die Tüte voller künstlichem Ungeziefer und überlegte gerade, ob sie die Ekelviecher nicht im Bus verteilen sollte, da entdeckte sie ein Foto am Boden des Schubkastens. Das Foto zeigte Ole und Little zwischen ihrer Mutter Henriette und ihrem Vater Martin auf einer Rutschbahn. Henriette sah auf dem Bild genauso aus, wie Lilli sie kannte. Martin Roland, den Vater der Zwillinge, kannte Lilli nur flüchtig, aber über Ole und Little musste sie lächeln, so kindlich sahen die beiden Jungs auf dem Foto aus. Lilli legte das Foto zurück und stopfte auch die Scherzartikeltüte wieder in den Schubkasten.

Der Wind hatte das Tischtuch von der Leine geweht, Lilli hängte es wieder auf, klemmte es mit drei Wäsche-

klammern fest und machte es sich dann mit ihrem Buch über einen russischen Kapitän auf der Hollywoodschaukel gemütlich. Mit dem aufgeschlagenen Buch auf dem Bauch schaukelte sie hin und her. Das Gestänge quietschte in gleichmäßigen Abständen. Lilli ließ das Buch sinken. Die Leichtmatrosin Lilenka Lilowitsch fuhr sich mit der Zunge über die salzigen Lippen. Seit Tagen trieb die einzige Überlebende des Schiffbruchs auf ihrem Floß. Gestern hatte sie den letzten Tropfen Süßwasser verbraucht. Lilenka wurde schwächer und schwächer. Nur mit Mühe konnte sie noch die Augen offen halten.
»Wie wäre es mit, *come si dice* auf Deutsch, Birnensaft?« Fernando setzte sich auf die Stufen vor der Terrasse und schob einen Korb Richtung Hollywoodschaukel.
»Solltest du nicht zu Hause sein? Ihr habt doch Besuch!«, sagte Lilli und setzte sich zu ihm auf die Stufen.
»Sie haben gemeint, ich soll mal nach dir sehen.« Fernando drehte den Birnensaft auf und hielt Lilli die Flasche unter die Nase. »Meine Mutter macht den selbst!«

Lilli lehnte mit dem Rücken an der Betonwand des noch unfertigen Pools und las Fernando aus ihrem Buch vor. Fernando schraubte währenddessen an dem alten Motorroller herum. Ab und zu erfragte er die Bedeutung irgendeines ungebräuchlichen Ausdrucks.

Ein ganzes Kapitel später schob Fernando den Roller aus dem Schuppen und wusch sich unter der Gartendusche die Hände. Er trat ein paarmal vergeblich den

Kickstarter durch, aber beim fünften Mal sprang die Kiste an. Fernando drehte am Gashebel. Stotternd stieß der Motor einige dunkle Rauchwolken aus dem Auspuff, dann knatterte er gleichmäßig. »Komm, wir drehen eine Runde!« Er schwang sich auf den Roller.

»Darfst du das, ich meine, damit rumfahren?«

»Nicht auf der Hauptstraße!« Fernando stülpte Lilli einen altmodischen Helm über den Kopf und rutschte auf dem Sitz nach vorne, um ihr Platz zu machen.

Lilli wusste nicht, wohin mit ihren Händen, aber als sich das Vehikel ruckartig in Bewegung setzte, umfasste sie reflexartig Fernandos Bauch. Sie tuckerten um die Poolbaustelle herum, unter der Wäscheleine hindurch und dann die Zufahrt hinunter. Fernando fuhr nicht auf die Straße, sondern bog vorher ab auf einen staubigen Weg. Es ging leicht bergauf zwischen Gestrüpp und niedrigen Bäumen hindurch, bis sie vor einem Portal aus drei Torbögen anhielten. Lilli stieg ab und zog sich den Helm vom Kopf. Ein Windhauch fuhr kühl durch ihre verschwitzten Haare.

Fernando zeigte auf die Torbögen. »Der alte Friedhof.«

Die Mauer des Friedhofs war an vielen Stellen eingestürzt und von Gestrüpp überwuchert. Lilli und Fernando wanderten zwischen Gräbern hindurch. Lilli staunte über das Durcheinander. Die Grabsteine standen nicht in Reih und Glied, sondern wirkten wie wahllos verstreut. Es gab riesige und winzige Gräber. Viele bestanden aus am Boden liegenden Steinplatten, auf denen schräg, wie ein Notenblatt auf einem Notenständer, eine kleinere Steinplatte mit Inschrift aufgestellt war. Andere Gräber sahen aus wie kleine Tempel – oder wie steinerne Badewannen mit Deckel. Es gab viele Figuren, meistens Madonnen, aber Lilli entdeckte auch eine Taube aus Marmor und strahlend weiße Engel. Auf einem Relief erkannte Lilli eine Marienfigur, die mit ihrem Fuß einer Schlange auf den Kopf trat. Die sonnenwarmen Steine, die dürren Gräser und das niedrige Gestrüpp erschienen Lilli wie ein wahres Paradies für Reptilien.

»Komm, ich zeig dir was!« Fernando winkte sie zu sich. Lilli suchte den Boden nach Kriechtieren ab und betrachtete dann erst das unscheinbare Grab. *Luigi* stand in verwitterten Buchstaben auf dem Stein und darüber waren eine Welle und ein Felsen eingemeißelt.

»Ein Fels in der Brandung«, murmelte Lilli und rechnete das Geburts- und Sterbedatum Luigis gegeneinander auf. »Luigi ist grade mal fünfzehn Jahre alt geworden.«

»Er ist ertrunken«, sagte Fernando leise. »In der *Grotta d'amore*.«

Lilli betrachtete die welken Blumen, die in einem Marmeladenglas auf dem Grabstein standen. »Er ist seit dreißig Jahren tot und kriegt noch immer Blumen von seiner Familie.«

Fernando schüttelte den Kopf. »Seine Familie ist damals weggezogen. Die Blumen sind von Leuten aus Roccamare. Manche denken, es bringt Glück hierherzukommen.«

Lilli brach einen Zweig von einem Busch und steckte

ihn in das Marmeladenglas. »Warst du schon mal in der *Grotta d'amore*?«

Fernando nickte. »Mit Papa und Mama.«

»Und was hast du dir in der Grotte gewünscht?«

»Einen Hund!«

»Und? Hast du einen gekriegt?« Lilli musste wehmütig an Sneaker denken.

»Natürlich, alles, was man sich im grünen Leuchten wünscht, geht in Erfüllung.« Fernando lachte.

»Was ist so lustig?«

»Es war ein Plüschhund, aber wenn man ihn am Ohr zog, konnte er bellen!«

Lilli gab Fernando einen Schubs und lief zurück zu den Torbögen. Fernando betätigte den Kickstarter und der Roller sprang sofort an. Lilli umklammerte wieder Fernandos Bauch, der Motor heulte kurz auf, und dann tuckerten sie zurück.

Wieder an der *Villa Cantarella,* fuhren sie an Little und Mitch vorbei, die miteinander Softtennis spielten. Little stellte sich die Hosenträger etwas kürzer, weil sie ihm bei jedem Schlag von der Schulter rutschten.

»Braucht man in Italien keinen Führerschein?«, rief Mitch zu Fernando und schlug den weichen Ball zurück zu Little. Der verfehlte ihn mit seinem Schläger, der Ball flog über ihn hinweg und prallte neben Lilli und Fernando von der Schuppenwand ab. Lillis Augen folgten der Flugbahn und erblickten den Boss der *Grottenolme.* Ole musste wohl soeben aus dem Hohlweg in den Garten gekommen sein. In der einen Hand trug er einen Ei-

mer, in der andern seine Taucherbrille, die er aber jetzt fallen ließ, um mit der frei gewordenen Hand den Ball zu fangen.
Wie ertappt ließ Lilli Fernando los und sprang schnell vom Motorroller. Ole stellte den Eimer neben die Taucherbrille und blickte zu Lilli. Vergeblich versuchte sie, seine Gedanken zu lesen. Mit undurchschaubarer Miene quetschte Ole den Ball ein paarmal in der Hand und warf ihn über Lilli hinweg zu Mitch. Lilli nahm den Helm ab und legte ihn auf den Motorroller, den Fernando inzwischen aufgebockt hatte.
Ole hob drohend den Arm, und Lilli dachte schon, er wollte Fernando angreifen, aber das Gegenteil war der Fall. Anstatt ihn in den Schwitzkasten zu nehmen, legte Ole seinen Arm kumpelhaft um Fernando. »He, du Meisterfischer, schau dir mal an, was ich für einen Fang gemacht hab.«
Mitch und Little kamen jetzt ebenfalls näher und glotzten neugierig in den Eimer.
»Mit der bloßen Hand, Boss?« Mitchs Stimme bebte vor Bewunderung. »Das ist echt krass!«
Im Eimer lagen vier tote Fische zwischen zerstoßenem Eis.
»Wie hast du sie …«, Mitch schluckte, »erledigt?«
»Damit!« Ole zog ein kleines Taschenmesser aus der Tasche seiner Bermudahose.
Little nestelte an seinen Hosenträgern herum. »Und wo hast du das Eis her?«
Fernando schmunzelte. »Dein Bruder war beim Fisch-

händler in der *Via Corallo*, hab ich recht?« Er klopfte Ole auf die Schultern und der nickte lachend.
Die Jungs schleppten die Fische in die Küche und Lilli machte es sich mit ihrem Buch wieder auf der Hollywoodschaukel bequem.

Dieses Surren konnte einen wahnsinnig machen. Lilli schlug vergeblich nach der Mücke und verfiel wieder in einen unruhigen Halbschlaf. Sie schwitzte und hatte Durst und schon wieder schwirrte die Mücke neben ihrem Ohr herum. Lilli wedelte mit ihrer dünnen Decke, aber die erzeugten Wellenbewegungen brachten kaum Kühlung. Lilli grübelte hin und her, ob sie sich etwas zu trinken holen sollte, aber der Dämmerzustand lähmte ihre Entschlusskraft. Im fahlen Mondlicht wirkte alles wie auf einer verblichenen Schwarz-Weiß-Fotografie. Very hatte sich komplett frei gestrampelt, ihre Decke leuchtete wie ein heller Fleck auf dem Boden. Enyas Gesicht klebte auf dem aufgeschlagenen Wörterbuch. Bob wälzte sich in ihrem Bett herum, atmete dann wieder eine Weile geräuschvoll, bis sie sich erneut herumwarf.
Da entdeckte Lilli die kleine Mineralwasserflasche neben dem Bett, die sie vorsorglich dorthin gestellt hatte, und ärgerte sich über ihre eigene Vergesslichkeit. Sie drehte den Verschluss auf und zischend entwich die Kohlensäure. Lilli trank die Flasche zur Hälfte leer und schaute auf die Leuchtziffern ihrer Uhr. Kaum zu glauben, der schlaflose, verschwitzte und mückengeplagte

Zustand währte keine halbe Ewigkeit, sondern gerade mal eine halbe Stunde. Lilli stellte die Flasche beiseite und bemerkte, dass sowohl das Fenster als auch die Balkontür hinter dem Mückennetz geschlossen waren. Kein Wunder, dass sie hier drin fast erstickte.

Lilli schlich zur Balkontür und öffnete sie leise und vorsichtig einen Spaltbreit. Sie wartete kurz ab, ob irgendetwas Ekliges von oben herabregnen würde, und huschte dann ins Freie. Überraschend kühle Nachtluft umfing sie. Lilli atmete durch und streckte sich. Ein angenehmes Frösteln lief über ihren schweißnassen Rücken. Kurz grübelte Lilli, wie viele Skorpione Enya wohl in den letzten Tagen hier draußen an die Luft gesetzt hatte, dann aber hörte sie von der Terrasse her Geräusche. Sie tapste auf die andere Seite. Schatten flackerten zwischen den Pfeilern der Balustrade. Lilli ging in die Hocke und steckte den Kopf zwischen den Pfeilern hindurch. Fernando und die *Grottenolme* hockten im hintersten Winkel der Terrasse um den Grill herum. Der Rost war entfernt, und auf der Kohle brannte ein kleines Feuer, das die Jungs mit Spänen schürten, die sie mit ihren Taschenmessern von abgebrochenen Brettstückchen abspalteten.

»Ich find Very am schärfsten.« Mitch knickte ein Hölzchen und legte es ins Feuer. »Außerdem hat sie mir damals geholfen, als mein Vater so krank war.«

Ole pustete ins Feuer. Ein paar Funken lösten sich aus der Glut und trudelten hinauf in den Nachthimmel.

Little räusperte sich.

»Ich finde Melissa-Marie Schwanthaler aus der 6b am schärfsten. Und sie riecht gut.«

»Welche Melissa-Marie?« Verwundert blickte Ole seinen Bruder an. »Die kenn ich ja gar nicht.«

Little richtete seine Hosenträger und deutete dann auf den Grill. »Ist das feuerpolizeilich erlaubt, Fernando?«

Ole stieß mit dem Fuß gegen eine volle Gießkanne. »Du musst dir keine Sorgen machen, Linus.«

Little gähnte. »Ich geh ins Bett.«

»Und ich muss mal!«, sagte Mitch.

Little kletterte in den Campingbus und Mitch verschwand im Haus. Eine Weile starrten Ole und Fernando schweigend ins Feuer. Fast wollte Lilli ihren Lauschposten schon verlassen, da warf Ole eine Handvoll Späne ins Feuer. »Wen findest du am schärfsten, ich meine, von unseren Mädels hier?«

Die auflodernden Flammen leuchteten Fernando ins Gesicht. »Ich denke mal, Giulia.«

»Nein, ich meine natürlich von den *Wilden Küken*«, hakte Ole nach.

»Lilli«, sagte Fernando.

Lillis Herz klopfte schneller.

»Nimm dich bloß vor der in Acht.« Ole stocherte mit einem Holzsplitter in der Glut herum. »Lilli ist eine Zicke!«

Mit aufeinandergepressten Lippen ballte Lilli die Fäuste. Ole pustete auf das qualmende Hölzchen in seiner Hand, um es anzufachen. »Außerdem ist sie grottenhässlich.« Er hielt den brennenden Span über die Gießkanne und ließ ihn dann fallen. Lilli hörte, wie er zischend erlosch.

Die Balkontür stand offen und ein kühler Nachthauch strich durch das Zimmer. Lilli lag wieder im Bett. Morgen hatte sie Geburtstag und freute sich kein bisschen. Weder schwitzte sie, noch fror sie, sie war auch nicht durstig oder hungrig. Bob hatte aufgehört zu schnarchen, und sogar die Mücke schien sich in Luft aufgelöst zu haben. Und trotzdem konnte Lilli eine halbe Ewigkeit nicht einschlafen. Und diesmal dauerte die halbe Ewigkeit viel länger als die von vorhin.

Lilli war als Letzte eingeschlafen und als Erste aufgewacht. Sie befreite sich aus ihrer verwickelten Decke, blieb aber noch liegen. Wie in der Tanzstunde bei Frau Struwe legte sie ihre flache Hand auf den Bauch und fühlte ihr eigenes Atmen. Dann rieb sie sich den Schlaf aus den Augen, pustete eine Wimper von ihrem Zeigefinger und schaute nach Bob, Enya und Very. Alle drei schliefen noch tief und fest. Vor dem Fenster leuchtete bereits der helle Tag.
Lilli schlüpfte in ihre Shorts und schlich auf leisen Sohlen hinunter in die Küche. Opa Hinsgens Tür war noch geschlossen, also schlief auch er noch. Vor dem Kühlschrank blieb Lilli stehen und lauschte in die Stille der *Villa Cantarella*. Der Kühlschrank surrte. In Gedanken öffnete Lilli ihren Kühlschrank zu Hause. Da gab es eine Tafel von Papas dunkler Schokolade und Luisas Naturjoghurt. In der angeschlagenen Keramikkanne war ein Rest Milch. Ganz oben stand eine angebrochene Packung Hundefutter. Neben der Butterdose stapelten sich drei Becher von Lillis Lieblingspudding, über den Luisa sich immer aufregte, weil sie das Industriezeug für das Gegenteil von gesunder Ernährung hielt.

Lilli zog die Kühlschranktür auf und las auf dem verknitterten Papier der Butter *Burro* und *Latte fresco* auf der Milchflasche. Sie goss sich ein Glas *Latte fresco* ein und trank es in einem Zug leer. Danach nahm sie den Schlüssel aus der kleinen Messingschale und schloss die Haustür auf. Der Plastikgeruch des Perlenvorhangs stieg ihr in die Nase. Wie eine Schwimmerin faltete Lilli die Hände und teilte den blauen Schleier.
Die Terrasse lag noch im Schatten, und der Terrakottaboden, der nachmittags oft so heiß war, dass man es barfuß kaum darauf aushielt, fühlte sich ungewohnt kühl an. Lilli tapste vor bis zu den Stufen. Auf dem Campingbus, dem Van und Justins Auto lagen Tautropfen. Justins mit Wäscheklammern befestigte Socken baumelten am Vordach seines Iglus. Ein paar Vögel zwitscherten, sonst war alles ruhig. Nur Lillis Herz fing plötzlich an wie wild zu klopfen. Neben der Kühlerhaube des Vans lugte ein Reifen hervor. Der Motorroller parkte doch im Schuppen – oder hatte Fernando ihn gestern noch benutzt? Aber für einen Roller war der Reifen viel zu groß und … Lilli lief am Campingbus vorbei und bekam keine Luft mehr. Sie kannte dieses chromglänzende altmodische Motorrad!
Wie ein aufgescheuchtes Huhn rannte Lilli um die *Villa Cantarella* herum. Wieder an der Terrasse angekommen, blieb sie keuchend stehen. In der Hollywoodschaukel raschelte ein Schlafsack. Lilli hielt sich unwillkürlich an der Brüstung fest. Das Gestänge der Schaukel quietschte leise. Jemand richtete sich auf. Es war Nadja!

Wie Lilli vorhin rieb sie sich den Schlaf aus den Augen und pustete eine Wimper vom Finger.
Als würde sie wie der Sonnenschirmständer oder der mosaikverzierte Tisch zum Inventar der Villa gehören, stand Lilli stocksteif da. In ihren Ohren rauschte es.
»Lilli?«, murmelte Nadja noch schlaftrunken. Ihr Oberkörper schälte sich aus dem Schlafsack. »Ich wollte niemanden wecken gestern Nacht.« Sie wies auf die Hollywoodschaukel. »Ganz schön unbequem, das Ding.« Die Beine noch im Schlafsack, klopfte sie auf den freien Platz neben sich.
Wie in Trance setzte Lilli sich zu Nadja. »Wo kommst du denn jetzt her?«
»Aus München. Da haben wir ein paar Tage für das Tanzfestival geprobt.« Sie nahm Lillis Hand. »Alles Gute zum Geburtstag.«
An ihren Geburtstag hatte Lilli überhaupt nicht mehr gedacht, aber jetzt erfüllte sie eine doppelte Freude. »Du bist extra von München hierhergekommen, um mir zu gratulieren?«
Nadja zog die Stirn in Falten und lachte dann. »Na ja, ich will doch zu dem Festival nach Dubrovnik. Wenn ich die Fähre nach Kroatien nehme, liegt Roccamare fast auf meinem Weg.«
Lilli strahlte weiter, obwohl ihr Nadjas Worte einen Stich versetzten. Sie musste an den Tag ihrer überstürzten Abreise denken und sah ihren Vater vor sich, wie er sich erschöpft mit den Händen über das Gesicht fuhr und dann Nadja fragte, wieso sie gekommen sei.

»Wieso, Nadja?«, hallte seine Stimme in Lillis Erinnerung. Und gleich darauf Nadjas Antwort: »Weil es auf meinem Weg lag!«

Nadja hob Lillis Kinn hoch und suchte ihren Blick. »Hey, was ist denn?«

»Dein Geschenk«, sagte Lilli ausweichend. »Die Ballettschuhe sind mir viel zu groß.«

»Da wächst du schon noch rein.« Nadja erhob sich und stieg aus ihrem Schlafsack. »Habt ihr was zu essen im Haus? Mir hängt der Magen schon in den Knien!«

»Die sind knochentrocken!« Lilli zeigte auf die ein paar Tage alten Brötchen und blickte auf die Uhr. Es war noch viel zu früh für Fernando, der ihnen immer frisches Brot aus Roccamare mitbrachte. »Und im Kühlschrank sind nur Milch und Butter.«

»Genial.« Nadja warf die drei harten Brötchen in eine Schüssel und goss Milch darüber. »Zucker?«

Lilli zeigte ihr den Zucker.

»Ah, da ist ja auch Zimt und hier sind noch Pinienkerne.«

Wenn Luisa daheim kochte, dann hatte sie ein Rezept vor sich liegen und wog genau die Zutaten ab. Sie sah dabei fast so aus wie in der Schule im Chemiekurs. Nadja hingegen kippte alles, was ihr in die Finger kam, in die Schüssel und vermanschte das Ganze mit den eingeweichten Brötchen. Lilli blickte skeptisch drein, aber als Nadja die Teiglaibchen in zerlassener Butter anbriet, duftete es so köstlich, dass Lillis Magen knurrte.

Und als dann plötzlich hinter ihr Gesang ertönte, beschloss Lilli, sich einfach nur noch zu freuen. Bob, Very und Enya standen im Nachtgewand auf der Treppe und schmetterten aus Leibeskräften. »Happy birthday, liebe Lilli, happy birthday to you!« Singend kamen sie die Treppe herunter in die Küche und plötzlich verebbte ihr Gesang. Alle drei starrten Nadja überrascht an. Die sang das Ständchen aus vollem Mund allein weiter, und bevor Lilli ihren Freundinnen alles erklären konnte, ging auch schon die Tür auf und Fernando erschien mit einem Blumentopf in der einen und einer Torte in der anderen Hand.

»*Tanti auguri, Lilli!*«

Enya, die am wenigsten anhatte, machte bei Fernandos Anblick sofort wieder kehrt und sauste zurück ins Kükenzimmer, wohin ihr auch die anderen beiden in ihren Nachthemden folgten.

Fernando grinste ihnen hinterher und blickte dann erst zu Nadja und dann zu Lilli. »Schon wieder Besuch?«

Obwohl die Terrasse noch im Schatten lag, war es inzwischen so warm, dass die Kuchenglasur bereits anfing zu schmelzen. Lilli legte das grüne, das rote und das weiße Geschenkpaket neben Fernandos Blumentopf mit der kleinen Agave.

»Echt oberkükenmäßig!« Enya lächelte beeindruckt. »Dass du daran gedacht hast, unsere Geschenke mitzunehmen.«

Lilli machte vorsichtig das Geschenkpapier ab und

packte nacheinander Handschuhe, eine Pudelmütze und einen Schal aus.
»Selbst gemacht!« Stolz reckte Very ihre spitze Nase in die Luft.
»Enya hat uns das Stricken beigebracht«, sagte Bob und zeigte auf das Muster. »Das sind lauter winzige Küken!«
Lilli setzte die Mütze auf, schlüpfte in die Handschuhe und schlang sich den Schal um den Hals »Genau richtig für den Süden!« Lilli lachte und verschluckte Tränen der Rührung.
Giulia kam hinzu, gratulierte und schenkte Lilli eine zusammengerollte Zeitschrift mit einer Schleife darum herum und erzählte, dass sie extra zum Bahnhof gefahren war, um die deutsche Ausgabe zu bekommen. Justin gab Gelatino ein Zeichen und geheimnistuerisch verschwanden sie kurz in der Küche.
Justin hielt den Perlenvorhang auf und Gelatino erschien mit einem riesigen Eisbecher. »Ois Guade zum Geburtstag!«
»Von uns beiden!« Justin zündete die Wunderkerze an.
»Pistazie!«, sagte Lilli baff.
»Des ham wir gestern in der *Gelateria Antonio* in Roccamare kauft und über Nacht ins Gefrierfach do.«
»Alle herschauen!«, rief Very und knipste Lilli, die mit Mütze, Handschuhen und Schal vor dem Funken sprühenden Eisbecher hockte.
Lilli legte die Stricksachen ab und wollte gerade das Eis kosten, da zeigten Fernando und Enya gleichzeitig Richtung Perlenvorhang. Lilli drehte sich um.

Opa Hinsgen richtete mit einer Hand seine Krawatte, in der anderen hielt er ein Buch. »Junge Dame!« Opa Hinsgen räusperte sich und schüttelte Lilli die Hand. »Herzlichen Glückwunsch.« Er gab ihr das Buch.
»Ein Reiseführer über Italien. Danke, Herr Hinsgen!«
Er lächelte und klopfte auf das Geschenk. »Da ist auch ein Artikel von Bea Schrader drin. Und sie hat dir auch eine Widmung reingeschrieben.«
»Lies vor!«, rief Very.
Lilli schlug die erste Seite auf und las die geschwungene Handschrift der Contessa. »Arkadien sei immer dort, wo du bist, Lilli. Alles Gute zum Geburtstag, Bea Schrader.«
»Arkadien?« Very verdrehte ihre hellblauen Augen. »Ich dachte, wir sind in Italien.«
»Arkadien ist überall dort«, erklärte Little, der soeben von Mitch aus dem Campingbus geschubst worden war, »wo Menschen unbelastet von mühsamer Arbeit und gesellschaftlichem Druck als zufriedene und glückliche Hirten leben.«
»Klingt gut!« Nadja nahm sich eine Marzipanrose von der Torte.
»Alles Gute!«, sagten Mitch und Little gleichzeitig. Mitch streckte Lilli einen Schokoriegel entgegen und Little ein Päckchen zuckerfreies Kaugummi.
Lilli legte die Geschenke zu den anderen und bot den beiden *Grottenolmen* von der Torte an, und sie verteilte auch das Pistazieneis, damit alle es probieren konnten. Dabei blickte sie immer wieder zum Campingbus.

»Hey, Ole?«, rief Very. »Wo steckst du?«
»Willst du Lilli nicht zum Geburtstag gratulieren?«, rief Bob.
Ole sprang aus dem Bus, steuerte auf Lilli zu und schüttelte ihr kurz die Hand. »Alles Gute!«
»War ja klar«, flüsterte Enya laut genug zu Bob, sodass auch Ole es hören musste. »Er hat als Einziger kein Geschenk!«
»Doch, hab ich!«, sagte Ole.
»Und?«, fragte Fernando. »Was ist es?«
»Eine Überraschung eben.« Ole wich Lillis Blick aus.
»Jetzt mach's nicht so spannend«, sagte Justin.
»Gib es ihr endlich«, sagte Giulia.
Ole stand da und grinste verlegen. Er hat keins, dachte Lilli und spürte, dass alle anderen das Gleiche dachten. Ole schlenkerte mit den Armen. »Ich hab's nur nicht dabei, weil ich's zu Hause gelassen hab, weil, normalerweise wären wir ja an ihrem Geburtstag am Bodensee gewesen und ... Deshalb eben!«
»Vielleicht magst du trotzdem ein Stück Kuchen?« Lilli reichte Ole einen Teller.
Und dann erzählten Very und Bob, wie sie es geschafft hatten, bei Enya Strickunterricht zu nehmen, ohne dass Lilli das spitzkriegte.
»Dann bin ich also jetzt das einzige *Wilde Küken*, das nicht stricken kann«, sagte Lilli und löffelte ihr restliches Pistazieneis.
Ole mampfte ein zweites Stück Kuchen, während Little neben ihm versuchte, einen Schokoladenfleck aus sei-

nen Hosenträgern zur rubbeln. Mitch blätterte interessiert in der Mädchenzeitschrift, die Lilli von Giulia bekommen hatte. Very stieß Lilli in die Seite und dann Enya. Schließlich schauten alle *Wilden Küken* zu Mitch, der so vertieft in seine Lektüre war, dass er ihre Blicke nicht bemerkte.

»Und, Mitch?«, rief Very. »Was hältst du von der neuen Bademode?«

Mitch klappte die Zeitschrift zu und lief rot an. »Ich, ich …«, stammelte er. »Ich wollte nur gucken, was Lilli für ein Sternzeichen ist.«

»Ein Löwe«, sagte Ole. »Sieht man doch an der Mähne!« Er zeigte auf Lillis rotbraune Locken und lachte genauso fies, wie er gestern Nacht gelacht hatte, als er Lilli Fernando gegenüber als grottenhässliche Zicke bezeichnet hatte.

Lilli war drauf und dran, ihm den letzten Rest Pistazieneis ins Gesicht zu kippen, da klingelte zu seinem Glück ihr Handy. Erst gratulierte Lillis Vater und dann Luisa. Lilli entfernte sich etwas und lehnte sich zum Telefonieren an den Feigenbaum. Sie lauschte dem dreistimmigen Geburtstagsständchen für Bass, Sopran und Hundebariton und erzählte dann vom Meer, von den Geschenken der *Wilden Küken* und von dem Tintenfisch im *Ristorante Rocco*. Nur Nadja erwähnte sie mit keinem Wort.

Es war eine lange Prozession, die sich durch den Hohlweg Richtung Meer schlängelte. Vorneweg lief Fernando. Ihm folgten die *Wilden Küken* mit dem Anhänger. Lilli und Nadja zogen die Deichsel. Sehr darauf bedacht, ihre neuen Sandalen nicht zu ruinieren, stakste Giulia hinter dem Anhänger her. Gelatino und Justin amüsierten sich über Giulias wacklige Gangart und nahmen sie schließlich gnädig in die Mitte. Das Schlusslicht bildeten die *Grottenolme*.

Im letzten Schatten der Pinien blieb Lilli stehen. »Teutonengrill oder *Baia rocciosa*?«

Nadjas Blick folgte Lillis ausgestreckter Hand nach links und nach rechts. »Baia, natürlich!« Nadja sog die Meeresluft tief in ihre Lungen. »Ist das schön.«

»Da draußen gibt es eine Grotte!« Very zeigte mit der Sonnenbrille auf die Felseninsel.

»Leider können wir da nicht hin«, sagte Lilli.

Very setzte ihre Sonnenbrille wieder auf. »In der *Grotta d'amore* darf man sich was wünschen.«

»Very wünscht sich einen Kuss von mir.« Mitch machte einen übertriebenen Kussmund und schielte.

»Ich geb dir gleich einen Kuss!« Very bückte sich nach einem Pinienzapfen, aber da ergriff Mitch auch schon die Flucht.

Das letzte Stück des Weges unterhielten sich Very, Bob und Enya darüber, was sie sich in der *Grotta d'amore* wünschen würden.

»Es ist jedenfalls nichts Materielles, falls ihr das meint!« Very pustete sich eine blonde Strähne aus der Stirn. »Außerdem sind meine Wünsche Privatsache.«

»Enya würde sich garantiert weltweiten Tierschutz

wünschen«, mutmaßte Bob. »Oder dass alle Vegetarier werden.«

Enya überlegte und sagte dann leise: »Ich würd mir wünschen, dass es meinem Vater gut geht.«

»Und ich«, keuchte Bob und schob den Anhänger aus einer Sandkuhle, »ich würde mir bessere Noten wünschen und für immer Ferien.«

Very klopfte an Bobs Stirn. »Hallo, jemand zu Hause? Wenn du immer Ferien hast, können dir deine Noten doch völlig schnuppe sein.«

Wie gewohnt, spannten sie ihre Leine vom Sonnenschirm zum Anhänger. Nadja lieh sich Giulias Schwimmschuhe aus und lief zum Wasser. Lilli schlüpfte auch in ihre Schwimmschuhe und wollte Nadja hinterher, da klingelte ihr Handy. Sie kramte ihre Umhängetasche aus dem Anhänger und hob ab. Es war Luisa, die ein zweites Mal gratulierte und dann erklärte, es sei wieder eine Postkarte für die *Wilden Küken* eingetroffen.

»Post von den *Wilden Hühnern*«, rief Lilli und stellte das Handy auf laut. Bob, Very und Enya scharten sich um sie und lauschten Luisas Stimme. »Vorne drauf ist ein Strandkorb und der Text lautet: *Liebe Wilde Küken. Ich bin hier an der Ostsee. Das Wetter ist sehr wechselhaft. Und auch die Arbeit als Betreuerin macht mich froh und traurig zugleich. Es ist ein Feriencamp für verhaltensgestörte Kinder. Manchmal ist es wirklich heavy. Aber man kriegt auch viel zurück. Liebe Grüße, Eure Frieda. PS: Jetzt hätte ich fast Lillis Geburtstag vergessen. PPS: Alles Gute, Oberküken! PPPS: Willi ist gleich am zweiten Tag abgereist. Wir haben uns gestritten, und ich glaub nicht, dass das mit uns noch was wird.*«

Dann erzählte Luisa noch, dass Sneaker schon morgen seinen Gips abgemacht bekäme. »Wird auch Zeit, inzwischen hat er schon alle Möbel damit zerschrammt.«

»Wie geht es unseren Hühnern, Tante Luisa?«, rief Bob.

»Gut. Ich wiege sie täglich und Stefan hat schon Angst um seine Cholesterinwerte, so viele Eier legen sie!«

Luisa wünschte Lilli noch einen schönen restlichen Geburtstag, grüßte alle und verabschiedete sich. Lilli ließ das Handy wieder in ihre Umhängetasche rutschen.

»Das mit Willi und Frieda, das muss nichts heißen«, sagte Very zu Enya. »Seit wir sie kennen, sind sie dauernd getrennt und wieder zusammen.«

»Genau wie mein Schwesterherz und Justin«, sagte Bob.

Nadja tauchte aus den Fluten auf und winkte. »Komm, Lilli, das Wasser ist herrlich! Du kannst doch schwimmen, oder?«

Sie weiß gar nichts von mir, dachte Lilli. Sie lief in die Wellen und ließ sich ins Wasser gleiten.

Lilli kletterte in das Ruderboot auf dem Anhänger. Sie hatte sich Littles Fernglas ausgeliehen und richtete es auf den Horizont. Eine orange Boje wanderte durch das Okular, dann die Felseninsel, und ganz zum Schluss erschien unscharf Enyas Gesicht.

»Schade, dass wir damit nicht rausfahren dürfen.« Enya setzte sich neben Lilli.

»Du musst dich grad beschweren.« Bob stieg auf den Reifen des Bootsanhängers. »Du und Very, ihr seid immerhin die einzigen *Küken*, die auf hoher See waren.«

»Das war echt toll, mit dem Motorboot der Contessa die Küste entlangzufahren.« Enya ließ ihren Blick übers Meer schweifen. »Auch, wenn's ökologisch totaler Wahnsinn ist.«

Lilli polierte mit ihrem T-Shirt-Zipfel die Fernglaslinsen.

»Wann genau bist du eigentlich geboren?«, fragte Bob. »Also, um welche Uhrzeit?«

Lilli blieb mit ihrem Armkettchen am Trageriemen des Fernglases hängen. »Keine Ahnung. Papa meint, es war auf alle Fälle tagsüber.« Vorsichtig löste sie das Kettchen aus der Schnalle.

Vorne am Ufer stand Very neben Fernando auf dem

Steg und stempelte nasse Fußabdrücke auf die Planken. Sie zeigte auf die Bootsrampe, die nur zur Hälfte von den Wellen überspült wurde. »Kommt jetzt Ebbe oder Flut?«

»Ebbe! In zwei Stunden ist Tiefstand und die Flut kommt wieder.« Fernando reichte Very eine Flasche Mineralwasser.

Very zeigte mit der Flasche Richtung Sonnenschirm, wo Nadja ein Rad schlug, ein paar graziöse Tanzschritte machte und dann mit einem Handstützüberschlag im seichten Wasser landete. »Sie wäre auch eine gute Cheerleaderin!«

»Doppelter Rittberger«, sagte Bob bewundernd.

»Das nennt man Flickflack«, verbesserte Lilli und schaute durchs Fernglas zu, wie Nadja sich mit schnellen Schwimmzügen vom Ufer entfernte. Lilli schwenkte und bekam Little vor die Linse, der in seiner hosenträgergesicherten Badehose mit Mitch Softtennis spielte. Sie suchte nach Ole und fand ihn bei Justin und Gelatino. Zu dritt jagten sie Justins Luftmatratze hinterher, die herrenlos im Wasser trieb. Lilli drückte Bob das Fernglas in die Hand und sprang auf den heißen Sand.

Fernando zupfte knapp unter der unmerklich absinkenden Wasseroberfläche Muscheln von den Stegpfeilern.

»Sie kleben immer hier«, erklärte Fernando. »Und bei Ebbe kann man sie ernten.«

Lilli ging zu ihm und schaute sich die Muscheln an, von denen er schon etliche in einem kleinen Netz gesammelt hatte. Der Wind wehte eine schwarz-weiße Feder vorbei. Lilli lief ihr nach und erwischte sie im Schatten des Ruderboots. Sachte strich sie den Sand von der seidigen Federfahne. Sie reichte Very die Feder zum Halten, stemmte sich hoch und schwang sich ins Boot.

»Die ist ja schön«, sagte Very und gab sie ihr wieder.

Lilli steckte den Federkiel fest zwischen zwei Planken. »Erinnert mich daran, die nachher mitzunehmen.«

»Siegi, Giulia und ich, wir sind alle nachts geboren.« Bob setzte das Fernglas ab. »Du könntest ja deine Mutter fragen.«

Enya schüttelte den Kopf über Bob. »Ihre Mutter hat elf Jahre lang verdrängt, dass es Lilli gibt, denkst du wirklich, dass sie sich an Details erinnert?«

Lilli pustete glitzernde Sandkörner von ihrem Arm und blinzelte zum Meer. Nadja schwamm bis zum Steg und stieg aus dem Wasser wie eine Nixe. In ihren Haaren hatte sich ein Strang Seegras verfangen, dessen Ende an ihrer Schulter klebte. Nadja stolzierte mit gespielter Grazie über den Steg. »Geschenk von Neptun!« Lachend legte sie sich das Seegras wie eine kostbare Stola um den Hals.

Fernando applaudierte lachend.

Nadja stieg ins Boot und setzte sich neben Lilli. »Darf man damit rausfahren?«

»Nein«, antworteten unisono alle vier *Wilden Küken*.

»Schade!« Nadja warf das Seegras über Bord.

»Wann genau bin ich eigentlich geboren?«, fragte Lilli.

Nadja nahm Bob das Fernglas aus der Hand und stellte es auf ihren Augenabstand ein.

Enya warf Bob einen vielsagenden Blick zu.
»Papa meint, es war auf alle Fälle tagsüber.« Lilli starrte auf das Bündel Seegras, das neben dem Boot im Sand lag.
»Es war 16.33 Uhr«, sagte Nadja, ohne das Fernglas von den Augen zu nehmen. »Du hast genau 3628 Gramm gewogen, warst 51 Zentimeter lang und hattest keine Glatze, sondern wunderschöne rote Löckchen.«
Bob schmunzelte zufrieden Richtung Enya.
Very blickte auf ihre wasserdichte Uhr. »16.33 Uhr, das ist in genau zwei Stunden!«
»Da müssen wir was ganz Besonderes machen!«, schlug Enya vor.
»Sie hat recht.« Nadja legte das Fernglas beiseite. »Fragt sich nur, was?«
»Wir könnten nach Roccamare fahren«, schlug Very vor. »Vielleicht haben sie Giulias Sandalen auch in meiner Größe.«
»Lilli hat Geburtstag, nicht du!«, sagte Bob. »Aber du könntest die Contessa fragen, ob sie uns ihr Motorboot leiht.«
Lilli nahm das Fernglas und drehte am Stellrad für die Schärfe. Wellen klatschten gegen die Felseninsel. Grünes Wasser, dunkelbraune Felsen und weiße Gischt. Lilli hielt den Atem an. Wenn sie nicht alles täuschte, gab das Wellental soeben den Blick auf einen gezackten Höhleneingang frei.
»Die *Grotta d'amore*«, murmelte Lilli und wartete gespannt auf das nächste Wellental.

»Aussichtslos«, sagt Enya. »Du weißt doch, was Fernando gesagt hat.«
»Ich meinte auch nur, ich hab sie gesehen. Besser gesagt, den Eingang.« Lilli gab Enya das Fernglas.
Very kaute auf ihrer Lippe. »In zwei Stunden wäre Ebbe.«
»Ich sehe sie auch«, rief Enya aufgeregt, und fast gleichzeitig riss ihr Bob das Fernglas aus der Hand und richtete es neugierig auf die Felseninsel.
Nadja sprang voller Tatendrang aus dem Boot. »Wer kann uns da rausfahren?«
»Sein Vater.« Lilli zeigte auf Fernando, der bis zu den Knien im Wasser stand und immer noch Muscheln von den Pfeilern pflückte.

Die *Wilden Küken* hockten auf dem Steg und warteten. Lilli ließ die Beine ins Wasser baumeln und Very schaute alle paar Minuten auf ihre Armbanduhr. Bob lag auf dem Bauch und betrachtete ihr Spiegelbild auf den Wellen. Enya holte die Bandenzeichen aus der Badetasche, hängte sich ihre Hühnerfeder um den Hals und reichte auch den anderen *Küken* ihre Federanhänger.
»Wie spät?«, fragte Lilli zum wiederholten Mal.
»Viertel nach vier«, antwortete Very. »Ich glaub nicht, dass sie noch rechtzeitig kommt.«
Aber da sprang Fernando, der im Schatten des Ruderbootes im Sand saß, plötzlich auf und zeigte überrascht Richtung Steilwand. »Sie hat es tatsächlich geschafft!«
Oben auf dem kleinen Parkplatz neben der Steilwand

hielt ein Motorrad an. Und hinter Nadja saß tatsächlich Giuseppe Cantarella auf der Maschine.
»Papa!« Fernando winkte.
Die *Grottenolme* unterbrachen ihr Softtennisspiel und reckten die Hälse. Giuseppe nahm den Helm ab, reichte ihn Nadja und winkte ebenfalls. Kurz darauf stiegen beide die steile Treppe zum Strand herunter und näherten sich dem Boot. Nadja und Fernandos Vater redeten ein Kauderwelsch aus Englisch, Deutsch und Italienisch, lachten viel und schienen sich prächtig zu verstehen.
»Mindestens *two adulti, Signorina Nadja.*« Giuseppe löste die Bremse des zweirädrigen Anhängers, auf dem das Boot festgeschnallt war. »*Only seven* Personen.«
»Mindestens zwei Erwachsene«, übersetzte Fernando. »Insgesamt maximal sieben Leute.« Er beugte sich näher zu Lilli und erklärte: »Ein Erwachsener bleibt im Boot, der andere geht mit in die Grotte.«
Ole, der neugierig näher gekommen war, schob sich zwischen Lilli und Fernando. »Vier *Wilde Küken* und zwei Erwachsene. Dann könnte also noch einer mit.«
Fernando bückte sich nach der Deichsel des Bootsanhängers. »Wenn noch einer mitfährt, dann ich.«
»Lilli soll sagen, wer mitfährt.« Ole blickte auffordernd zu Lilli.
»Vergesst es, Jungs.« Nadja schenkte sowohl Fernando als auch Ole ein mitleidiges Lächeln. »Das wird ein reines Mädchenabenteuer.«
»Papa ist auch kein Mädchen«, flachste Fernando.
»*Capitano* Cantarella ist die einzige Ausnahme.« Nadja

lächelte Giuseppe charmant an und rief dann zu den *Olmen*: »Los, helft schieben, Jungs.«

Mitch zog ein langes Gesicht. »Zum Schieben sind wir wieder gut genug.«

Die *Grottenolme* und die *Wilden Küken* schoben an den Seiten und am Heck, während Fernando und Giuseppe an der Anhängerdeichsel zogen. Mit vereinten Kräften bugsierten sie das Boot Richtung Steg. Auf der Rampe drehten Vater und Sohn in eingespielten Handgriffen den Bootsanhänger, sodass sie ihn rückwärts ins Wasser schieben konnten.

Lilli lief ans vordere Ende des Stegs, Fernando warf ihr das Haltetau zu und löste das Boot vom Anhänger. Lilli wickelte sich das Seilende fest um den Arm, aber das auf den Wellen schaukelnde Boot war erstaunlich leicht zu halten. Die anderen zogen den Anhänger aus dem Wasser und die Rampe hinauf an Land.

Fernando nahm Lilli das Tau aus der Hand. »Und was wünschst du dir in der Grotte?« Ein samtener Schimmer lag auf seinen dunklen Augen.

»Jedenfalls keinen Hund«, sagte Lilli.

Fernandos Vater trat auf den Bug, rammte ein Ruderblatt in den Grund und drückte das Boot gegen den Steg. Lilli sprang auf das Sitzbrett im Heck. »Alle *Wilden Küken* an Bord!«

Nacheinander kletterten Enya, Bob, Very und Nadja ins Boot.

»Die ist aber kein *Wildes Küken*!« Trotzig zeigte Ole auf Nadja.

»Doch«, sagte Lilli. Sie bückte sich und zog die Möwenfeder aus der Ritze zwischen den Bootsplanken. »*Wildes Küken* mit Sondergenehmigung.« Sie steckte Nadja die Feder ins Knopfloch und wandte sich zu Very, Bob und Enya um. »Wenn ihr einverstanden seid?«

Die drei festen Bandenmitglieder nickten. Nadja strich stolz über die schwarz-weiße Feder. Fernando warf Lilli das Tau zu und Giuseppe Cantarella stieß das Boot vom Steg ab.

»Wie eine Nussschale!«, sagte Enya fast andächtig.

Bob hatte beide Hände um das Sitzbrett gekrallt und Verys helle Augen sausten unruhig zwischen Horizont und Bootsrand hin und her. Nadja saß auf dem kleinen Platz im Bug und redete mit Fernandos Vater, der gleichmäßig die Riemen durchzog. Das Holz der Ruder knarrte in den Dollen. Lilli hockte mit angewinkelten Knien auf dem aufgerollten Tau und drückte ihren Rücken gegen die seitliche Bugwand. Trotz des geringen Seegangs fühlten sie die Macht des Meeres unter sich. Mit jedem Ruderschlag, den sie sich vom Ufer entfernten, wuchs die Insel höher aus dem Wasser.

Lilli lehnte sich über den Bootsrand und betrachtete die schroffen Klippen. Gleichzeitig spürte sie Nadjas Hand, die sie am T-Shirt festhielt.

»*With the boat* in Höhle fahren ist *impossibile*!« Giuseppe Cantarella zog die Ruder ein. Als würde das Boot aufgerissen, ertönte ein kratzendes Geräusch unterm Kiel. Der *Capitano* warf das Tau um einen Felsen.

Wie das breite Maul eines steinernen Walfischs wölbte sich der Höhleneingang über dem Meeresspiegel. Zu niedrig, um mit dem Schiff hineinzufahren, aber hoch genug für einen Schwimmer. Lilli versuchte, sich den geringsten Abstand zwischen dem felsigen Torbogen und der sich nur leicht hebenden und senkenden Wasseroberfläche einzuprägen. Es war immer mindestens eine Armlänge Platz. Und zur Not könnte man ja noch tauchen.

»Jetzt *swimming*!« Mit einer Hand hielt Fernandos Vater das Seilende, mit der andern zeigte er Schwimmbewegungen. Mit dem dumpfen Gefühl, dass das ganze Abenteuer gleich abgeblasen werden würde, schaute Lilli zu Nadja. Aber die zog sich nur lachend ihre Bluse über den Kopf. »Also dann mal los, Mädels.« Nadja schwang die Füße über die Bordwand und glitt ins Wasser. Lilli sprang ihr nach. Im Vergleich zur *Baia rocciosa* war das Wasser hier draußen verblüffend kalt. Lilli drehte sich auf den Rücken. Enya schwamm auf sie zu, gefolgt von Very und Bob.

»Es ist wunderschön«, hallte Nadjas Stimme aus der Höhle.

Lilli wartete auf Bob und schwamm dann Enya und Very hinterher durch den niedrigen Torbogen in die *Grotta d'amore*. Nadja hatte recht. Es war wirklich wunderschön!

So niedrig die Höhle von draußen erschienen war, so hoch wölbte sie sich im Inneren. Die einfallenden Sonnenstrahlen entfalteten ihre Leuchtkraft nur unter der

Meeresoberfläche, alles über Wasser war in ein diffuses Halbdunkel getaucht. Wie in fahlem Mondlicht stand Nadja auf einem Felsen, während unter Wasser eine kalte Sonne glühte. Seitlich erhoben sich bizarre Felsformationen, manche glatt und kahl, andere zerklüftet und von bunten Algen überwuchert. Ständig gluckste und gluckerte, schwappte, rauschte und tröpfelte es. Very und Enya kletterten neben Nadja auf den Felsvorsprung, auf dem sich wie in einer flachen Schüssel feiner Sand angesammelt hatte.
Lilli verlangsamte ihre Schwimmbewegungen. Mit der Beleuchtung von unten wirkten die Konturen ihrer Arme wie Teile eines Schattenspiels. Sie stemmte sich hoch und half Bob aus dem Wasser.
Very wischte über das Glas ihrer Armbanduhr. »Jetzt ist es genau 16.33 Uhr!«
Schweigend standen die *Wilden Küken* um Lillis Mutter herum. Über ihnen wölbten sich die Felsen, und vor ihren Füßen strahlte ein blaugrünes Firmament, als wären Himmel und Erde vertauscht.
Lilli kniete sich in den Sand und ließ eine Handvoll davon ins Wasser rieseln. Auch die anderen griffen in den Sand und öffneten unter Wasser ihre Hände. Wolken aus Gold sanken schimmernd ins Licht. Lilli wusste nicht, was ihre Freundinnen oder Nadja sich wünschten. Sie wusste nicht mal genau, was sie selbst sich wünschte. Es war zu groß, um es in Worte zu fassen. Es war auch nicht nur für Lilli, sondern ein einziger guter Wunsch für viele Menschen. Grün und leuchtend.

Je weiter sich das Boot der Anlegestelle näherte, desto deutlicher übertönte das Geschrei der Jungs die Wellen. Fernando und die *Grottenolme* zogen sich gegenseitig auf dem Bootsanhänger über den Strand. Der Clou an der Sache war wohl der, sich möglichst lange auf dem Anhänger zu halten, beziehungsweise aus der Sicht desjenigen an der Deichsel, den Anhänger so schnell um die Kurve zu ziehen, dass die Passagiere herunterpurzelten. Im Augenblick zerrte Mitch den Anhänger hinter sich her und rannte wie ein wild gewordener Stier den Wassersaum entlang. Fernando sprang ab, Ole lag bereits im Sand, jetzt hockte nur noch Little auf dem Gefährt.
»Gleich durchbrechen wir den Hyperraum«, plärrte Mitch außer Atem. »Lichtgeschwindigkeit uuuuund Abwurf der seismischen Bomben!« Er riss die Deichsel herum.
Ein Reifen schwebte in der Luft, als wollte der Anhänger gleich kippen, und Little plumpste ins Wasser. Dabei gingen ihm die Hosenträger auf. Er krabbelte an Land und zog sie dabei hinter sich her.
»He, du Schwanzlurch!« Fernando bog sich vor Lachen.

»Das nenn ich Evolution!«, rief Ole. »Der Quasselflosser geht an Land!«

»Das Tier heißt Quastenflosser«, verbesserte ihn Little und klipste die Hosenträger sorgfältig wieder am Bund seiner Badehose fest. Mitch tanzte um den Anhänger herum und grölte im Siegestaumel.

Der Lärm an Land stand in krassem Gegensatz zur Stille auf See. Seit sie wieder ins Boot geklettert waren, hatten Nadja und die *Wilden Küken* nur wenige leise Worte gewechselt. Ihre Gesichter leuchteten beseelt, als hätten sie etwas von dem Licht mit aus der Grotte genommen. Und Giuseppe Cantarella hatte nur wissend gelächelt und war losgerudert.

»Sie kommen!« Fernando rannte auf den Steg und Fernandos Vater warf seinem Sohn das Seil zu.

Nach der schwankenden Fahrt erschien Lilli der Erdboden unter ihren Füßen besonders fest. Gemeinsam hievten sie das Boot auf den Anhänger und zogen ihn die Rampe hinauf ans trockene Land. Während Nadja mit Fernandos Vater die steile Treppe zum Parkplatz hinaufstieg, legten die Jungs schwere Steine unter die Räder des Bootsanhängers. Fernando wischte sich den Schweiß von der Stirn und rief seinem Vater noch etwas auf Italienisch hinterher. Der *Capitano* winkte zum Abschied.

Lilli holte ihren Strohhut aus der Badetasche, beulte ihn aus und fächelte sich damit Luft zu.

»Wo ist denn dein Kettchen?« Ole zeigte auf Lillis Handgelenk.

Als würde der Boden unter ihren Füßen plötzlich wieder schwanken, fuhr Lilli der Schrecken in die Glieder. Mit weichen Knien kletterte sie in das Ruderboot und suchte nach dem Namenskettchen. Die *Olme*, Fernando und die *Wilden Küken* halfen ihr beim Suchen. Aber das Kettchen war nirgends zu finden.

»Ich muss es in der *Grotta d'amore* verloren haben.« Lilli standen die Tränen in den Augen. Es ging ihr gar nicht so sehr um das Kettchen, sondern darum, dass es ein Geschenk von Nadja war. Die anderen redeten auf sie ein, dass der Verlust überhaupt nicht schlimm sei und dass sie sich weder den Geburtstag noch die wunderbaren Eindrücke in der *Grotta d'amore* davon verderben lassen sollte, und dennoch fühlte Lilli sich wie um etwas betrogen, das sie vielleicht nie wirklich besessen hatte.

»Und wie war es jetzt in dieser geheimnisvollen Supergrotte?« Ole rollte mit den Augen und ahmte ironisch ein Gespenst nach. »Huhuuh.«

Er wollte Lilli ganz offensichtlich auf andere Gedanken bringen, aber seine Faxen machten sie nur wütend. Lilli rieb sich das Handgelenk. Very, Bob und Enya, die schon ein Stück weit Richtung Sonnenschirm gegangen waren, riefen bereits nach ihr. Lilli wollte den *Küken* hinterherlaufen, da hielt Ole sie an der Schulter fest und musterte sie mit ernstem Blick.

»Was hast du dir denn gewünscht?«

»Nichts«, sagte Lilli.

»Sag schon«, drängte Ole.

Da explodierte Lilli und schrie: »Erstens geht dich das einen feuchten Dreck an, und wenn ich mir was gewünscht hätte, dann, dass ich das Kettchen nicht verliere!« Lilli holte Luft.

»Das ist nicht logisch«, mischte sich jetzt Little ein.

Aber Lilli kümmerte sich nicht um ihn, sondern zischte in Oles Gesicht: »Und zweitens bist du selbst eine grottenhässliche Zicke.«

Ole blinzelte verwirrt und auch Fernando blickte Lilli nachdenklich an. Lilli stieß noch einen wütenden Seufzer aus und rannte los. Sie überholte die anderen *Küken* und blieb nicht mehr stehen, bis sie den Sonnenschirm erreicht hatte.

Als Lilli am nächsten Morgen aus dem Kükenzimmer kam, lag Nadjas Schlafsack auf dem Sofa im Wohnzimmer, sie selbst war aber nirgends zu sehen. Lilli nahm sich einen Pfirsich, wusch ihn ab und trat auf die Terrasse hinaus. Als hätten sie auf sie gewartet, hockten Fernando und Ole nebeneinander auf zwei Klappstühlen. Gleichzeitig sprangen sie hoch und steuerten auf Lilli zu, als wollten sie ihr den Pfirsich rauben.

»Wo ist Nadja?«, fragte Lilli.

»Nach Roccamare, einkaufen«, sagte Ole. »Sie wollte doch heute für alle kochen!«

»Was ist denn mit euch los?«, fragte Lilli, weil die zwei Jungs noch immer wie Ölgötzen vor ihr standen.

Ole stieß Fernando in die Seite. Fernando hüstelte. »Ole und ich«, sagte er heiser. »Also, wir hatten die gleiche Idee.«

Misstrauisch blieb Lilli auf den Terrassenstufen stehen und legte abwartend den Pfirsich auf die Brüstung.

Ole holte eine kleine Tüte mit dem Aufdruck *Roccamare Souvenirs* aus der Hemdtasche und überreichte sie Lilli mit etwas großspuriger Geste. Lilli faltete die Tüte auf und ließ ein grün-weiß-rotes Plastikkettchen auf ihre Handfläche rutschen. Sie drehte das Namensschildchen und las *Lisa*.

Ole verzog das Gesicht. »Lilli gab's nicht mehr, da hab ich Lisa genommen.«

»Und ich Lulu«, sagte Fernando schnell und gab Lilli ebenfalls ein grün-weiß-rotes Kettchen.

Nachdenklich und mit langsamen Bewegungen ließ Lilli beide Kettchen zurück in die Tüte gleiten. »Das ist echt nett, aber ... ihr versteht das nicht.«

Sie knäulte die Tüte zusammen, und alle Gedanken, die sie sich seit Weihnachten über das Geschenk von ihrer Mutter gemacht hatte, wirbelten durch ihren Kopf.

»Weinst du?«, fragte Ole.

Lilli schüttelte den Kopf, lief zurück ins Haus und schloss sich im Badezimmer ein.

Lilli, Bob, Enya und Very packten ihre Sachen für den Strand zusammen. Bob füllte in der Küche noch den übrigen kalten Tee in ihre Trinkflasche und Very klopfte an Opa Hinsgens Tür.

Bob grummelte, weil sie etwas Tee verschüttet hatte. Sie wusch sich die Hände und roch an ihren nassen Fingern. »Das Wasser riecht hier anders, findet ihr nicht?«

Fast gleichzeitig mit Verys neuerlichem Klopfen öffnete Opa Hinsgen. Er trug einen Bademantel und hatte eine Flasche Rasierwasser in der Hand. »Verena, sag bloß, du hast das Gedicht fertig?« Hoffnungsvoll blickte er seine Enkelin an.

»Äh, nein, also fast, so gut wie. Ich probier grad verschiedene Varianten. Es soll ja perfekt werden.« Very lächelte bemüht. »Ich wollte nur Bescheid sagen, dass wir in die Bucht runtergehen.«

Opa Hinsgen strich sich die Haare an den Schläfen glatt. »Wie weit bist du denn?«

Sie hat erst die erste Zeile, dachte Lilli.

Very kratzte sich an der Nasenspitze. »Momentan überarbeite ich noch mal den Anfang.« Sie ging rückwärts Richtung Perlenvorhang.

»Wartet«, rief Opa Hinsgen. »Vielleicht möchtet ihr mal den Pool von Bea ausprobieren. Sie hat euch schon mehrfach eingeladen. Das ist fast schon unhöflich, wenn ihr der Einladung nie Folge leistet.«

»Wir sind mit den *Grottenolmen* und Fernando verabredet«, sagte Very.

Das stimmte zwar nicht, aber Lilli, Enya und Bob nickten fleißig.

»Na, meinetwegen, schwirrt ab!« Opa Hinsgen schraubte das Rasierwasser auf und klatschte sich ein paar Tropfen davon ins Gesicht.

Lilli, Enya, Bob und Very schnappten ihre Sachen und verdrückten sich schnell.

»Wie weit bist du denn wirklich?«, fragte Enya. »Ich

hab dich schon ewig nicht mehr mit deinem Notizbuch gesehen!«

Very seufzte. »Ich kann das nicht. Opa wird mir schon nicht den Kopf abreißen.«

Lilli nahm den Pfirsich, der noch immer auf der Brüstung lag. »Und wenn wir dir helfen?«

Very schüttelte die blonden Haare. »Wir verderben uns die letzten Tage doch nicht mit Dichten!«

Bob zog den Anhänger aus dem Schuppen und rekapitulierte: »Ich hab ein Mitbringsel für Mama, eins für Papa und eins für Nonna. Jetzt brauche ich nur noch eins für Siegi!«

»Dieser Nervensäge willst du was mitbringen?« Very verstaute ihre Tasche im Anhänger. »Sag bloß, das Minimonster fehlt dir?«

Bob bückte sich nach der Deichsel. »Vielleicht sind ja wieder diese Souvenirverkäufer am Teutonengrill!«

Während sie in der *Baia rocciosa* ihren Strandplatz errichteten, hielt Lilli immer wieder Ausschau nach Fernando und Ole. Aber auf der Leopardendecke der *Grottenolme* hockten nur Mitch und Little.

Enya lief zum Wasser und Very cremte sich ein. Bob zupfte aufgeregt an Lillis Ärmel. »Da sind welche!« Ihr ausgestreckter Zeigefinger wies auf die fliegenden Händler, die sich soeben über den Touristenstrand verteilten. Trotz der bunten Umhänge und Hüte der Händler war es gar nicht so leicht, sie auf die Entfernung unter all den Menschenmassen auszumachen.

Lilli begleitete Bob. Auf dem Steinwall blieben sie kurz stehen und Bob überprüfte den Inhalt ihres Geldbeutels.

»Hoffentlich gibt's was in meiner Preisklasse.«

Lilli wich einem krabbelnden Kleinkind aus und Bob umrundete zwei schon ziemlich braun gebrannte Blondinen. Eine Mutter pustete die Schwimmflügel am Arm ihrer Tochter auf und der Vater filmte sie dabei. Ein Junge rannte seinem Wasserball hinterher und fiel heulend in den Sand. Es roch nach Cola, Sonnencreme und Menschen.

Lilli und Bob schlängelten sich zwischen Liegestühlen, Kühltaschen und Sandburgen hindurch und in all dem Stimmengewirr erzählte Lilli Bob von den grün-weiß-roten Armkettchen.

Bob hörte aufmerksam zu und dachte dann kurz nach. »Entweder sie haben einen Knall – oder sie sind in dich verknallt.« Sie hakte sich bei Lilli unter. »Oder beides. Sozusagen Doppelknall!« Bob legte den Kopf zur Seite und musterte Lilli. »Und du?«

»Null Knall! Was denkst du denn?!« Lilli tippte sich entrüstet an die Stirn und zeigte auf einen der Händler, um Bob vom Thema abzulenken. »Guck mal, der hat doch tolle Lederhüte. So was gefällt Siegi sicher.«

Zufrieden, endlich alle Mitbringsel beisammenzuhaben, verstaute Bob den kleinen Lederhut in der Badetasche und legte sich in den Schatten. Lilli kramte ihre Schwimmschuhe heraus und warf wieder einen Kontrollblick über die Bucht, aber Fernando und Ole waren

nirgends zu entdecken. Enya planschte im Wasser und Very stand neben Little und Mitch. Der Liegeplatz der Jungs war zu weit entfernt, als dass Lilli hätte verstehen können, was Very mit Mitch redete. Sie wunderte sich nur, wieso Little die ganze Zeit mit dem Fernglas aufs Meer hinausspähte, als würde er noch immer einen Haiangriff befürchten. Lilli kniff die Augen zusammen, und jetzt erkannte sie mit bloßem Auge das Boot, das neben der Felseninsel auf dem Wasser schaukelte.
Atemlos kam Lilli an der Leopardendecke an.
»Was soll das denn heißen, GGE?«, fragte Very, schon etwas genervt.
Anstelle von Mitch antwortete Little. »Großes Grottenolm-Ehrenwort.«
»Wir haben versprochen, nichts zu sagen«, brummte Mitch.
Lilli nahm Little das Fernglas aus der Hand. Erst sah sie nur wogende blaue Wellen und weiße Gischt, dann aber entdeckte sie das Boot gleich neben dem flachen Felsbogen, durch den man in die *Grotta d'amore* gelangte. Es konnte natürlich auch ein anderes Boot sein. Lilli schaute Richtung Steilküste. Der Bootsanhänger war leer. Sie richtete das Fernglas wieder auf das schwankende Boot. Das Tau, mit dem es an einem Felsvorsprung hing, tauchte immer wieder triefend aus den Wellen.
»Was ist da draußen?«, fragte Very.
Anstatt zu antworten, drückte Lilli ihr das Fernglas in die Hand und wandte sich an Little. »Ist Fernandos Vater dabei? Los, sag schon!«

»Was ist denn passiert?« Enya trat atemlos neben Very. Aus ihren Haaren regneten Tropfen in den Sand.

Bob kam jetzt ebenfalls hinzu. »Es geht um Ole und Fernando, hab ich recht?«

Little nestelte an seinen Hosenträgern herum. »Tiefstand war vor 58 Minuten.«

»Das heißt, das Wasser steigt wieder?« Lilli packte Mitch an den Schultern. »Das ist gefährlich in der Grotte, Mitch, Grottenolm-Ehrenwort hin oder her, raus mit der Sprache!«

Mitch kaute auf den Lippen und murmelte dann kleinlaut: »Ole und Fernando sind allein raus.«

»Wieso machen sie so was?«, rief Lilli fassungslos.

»Ole ist ein guter Taucher«, sagte Little.

Und Mitch fügte hinzu. »Sie wollen dein Armkettchen finden!«

Lilli griff sich an den Kopf. »Diese Idioten!«

Je länger sie auf das Boot stierte, desto weiter schien es sich zu entfernen.

»Wie lange sind sie schon weg?«, fragte Enya.

»Achtundvierzig Minuten«, antwortete Little.

»Ich find's unfair, dass sie uns nicht mitgenommen haben.« Mitch nahm Very das Fernglas aus der Hand. Er setzte es aber gleich wieder ab, rieb sich über die Augen und blickte erneut hindurch. »Shit, das Boot.«

»Was?« Lilli riss ihm das Fernglas weg. Hektisch stellte sie scharf und erschrak. Das Tau hatte sich vom Felsvorsprung gelöst und baumelte lose ins Wasser. Mit jeder Welle entfernte sich das Boot weiter von der Insel.

Lilli warf das Fernglas auf die Leopardendecke. »Das Boot treibt ab!«

»Was sollen wir bloß tun?«, stammelte Mitch immer wieder nervös. »Was sollen wir bloß tun, Oberküken?«

»Ich könnte rausschwimmen und das Boot einfangen«, schlug Enya vor.

»Niemand schwimmt da raus. Das ist viel zu weit!«, rief Lilli und dann erteilte sie einfach Befehle. »Bob, du rufst bei deinen Verwandten an und erklärst Giuseppe Cantarella die Notlage.«

»Wird gemacht!« Bob kramte in der Umhängetasche und aktivierte ihr Handy.

Lilli packte Mitch an den Schultern. »Mitch, du und Little, ihr haltet hier die Stellung!«

»Klar, Boss«, sagte Mitch. »Äh, Oberküken!«

»Angst ist ein menschliches Grundgefühl in bedrohlichen Situationen«, sagte Little und kaute nervös an den Fingernägeln.

Lilli bückte sich nach dem Fernglas und drückte es ihm in die Hand. »Little, du beobachtest abwechselnd den Eingang der Grotte und das Boot. Wir brauchen seine genaue Position, klar?«

Little nickte und nahm von da an das Fernglas nicht mehr von den Augen.
Bob lauschte verzweifelt in ihr Handy. »Da geht keiner ran.«
»Du probierst es weiter und bleibst hier als Telefonzentrale«, entschied Lilli und kramte Enyas Handy aus der Umhängetasche. »Enya, du läufst rauf und holst Gelatino, er ist der beste Schwimmer von uns allen!«
Sofort rannte Enya los.
»Wenn du Gelatino nicht findest, bring Justin oder Giulia oder alle zusammen!«, rief Lilli ihr nach. »Und bring zur Sicherheit diesen Notrufzettel aus der *Villa Cantarella* mit!«
»Und ich?«, fragte Very fast enttäuscht.
»Du kommst mit mir.« Lilli hängte Very die Tasche um und rannte los.

Sie überquerten den Steinwall und liefen direkt am Ufersaum entlang, weil sie dort weniger Touristen ausweichen mussten und man auf dem nassen Sand schneller laufen konnte. Endlich erreichten sie die Flussmündung und wandten sich nach links. Lilli zeigte auf ein Schild.
»*Divieto di transito*, was heißt denn das?«
»Keine Ahnung. So was wie Durchgang verboten, Privatgrundstück oder so?«
Very und Lilli rannten an dem Schild vorbei, passierten das Bootshaus und erklommen schließlich ziemlich aus der Puste die Stufen, die zur *Villa Schraderiana* hinaufführten.

»Was ist los, Verena?« Opa Hinsgen kletterte aus dem Pool.
Während Very ihrem Opa atemlos die Situation schilderte, entdeckte Lilli die Contessa, die einen kleinen Teewagen mit einem Sektkübel und Gläsern darauf über die Terrasse schob.
»Frau Schrader!«, rief Lilli. »Wir brauchen Ihr Motorboot!«

Die Contessa schloss das Bootshaus auf. Lilli, Very und Opa Hinsgen machten die Leinen los und kletterten an Bord. Frau Schrader drückte den Zündknopf und steuerte das Motorboot aus dem Bootshaus in den Fluss. Erst im Mündungsbereich drückte sie den Gashebel nach vorne. Der Motor brummte und mit zunehmender Geschwindigkeit fuhren sie hinaus aufs offene Meer.
Je schneller sie fuhren, desto höher hob sich der Bug aus den Wellen. Das Wasser am Heck schäumte weiß. Lilli hielt sich am Metallrohr der Reling fest und versuchte, nicht an das Grab von Luigi zu denken. Wenn das grüne Leuchten in der Grotte ihren Wunsch erfüllt hatte, dann durfte Ole und Fernando nichts passieren.
Der Fahrtwind wirbelte Very die blonden Haare ins Gesicht. »Da vorne ist das Ruderboot!«, rief sie.
»Erst kümmern wir uns um die Jungs!«, entschied die Contessa. Ihr Seidenschal flatterte, als wollte er sich losreißen. Sie drehte das Steuerrad, das Motorboot beschrieb eine sanfte Kurve, und Lillis Herz machte einen Sprung.

An einen Felsen geschmiegt, kauerten Ole und Fernando auf der Insel. Unter ihnen schwappte die Gischt über das Riff.

Opa Hinsgen, der bleich vor Sorge die ganze Fahrt über immer nur den Kopf geschüttelt hatte, winkte wie verrückt. »Haltet durch, Jungs. Hilfe naht!«

Erst jetzt erkannten Ole und Fernando die Besatzung des Motorboots und kletterten sichtlich erleichtert weiter vor auf die Klippen.

Die Contessa drosselte den Motor und kurbelte am Steuerrad. Immer wieder fuhr sie ein Stück rückwärts, dann vorwärts und manövrierte das Boot auf ein paar Meter an die Insel heran.

»Näher kann ich nicht.« Sie stellte den Motor ab. »Das Riff ist ziemlich heimtückisch.«

Lilli und Very klappten die Trittleiter über die Bordwand. Ole und Fernando stießen sich von den Klippen ab. Mit hastigen Schwimmzügen näherten sie sich dem schwankenden Boot. Eine Welle schwappte über Oles Kopf und plötzlich war er verschwunden. Fernando klammerte sich an die Leiter und blickte sich suchend nach ihm um. Lilli holte tief Luft und sprang, ohne sich um die Rufe der anderen zu kümmern, aus dem Boot. Das Wasser war kalt und in Lillis Ohren pochte ihr eigener Herzschlag. Lilli konnte Ole nicht entdecken. Das Salzwasser brannte in ihren Augen und sie erkannte nur verschwommen den Bootsrumpf. Lilli tauchte auf, um Atem zu holen, da vernahm sie hinter sich ein Husten. Ole prustete und keuchte. Erleichtert packte Lilli ihn am Arm und zog ihn Richtung Leiter. Gemeinsam kletterten sie an Bord. Die Contessa legte Lilli eine Decke um die Schultern. Mit strenger Miene reichte Opa Hinsgen den beiden zähneklappernden Jungs ein Handtuch.

»Dein Kettchen …«, Ole zeigte in das grüne Wasser, das den Eingang zur Grotte umspülte. »Ich konnte es nicht finden.« Er blickte erst zu Lilli und versetzte dann Fernando einen Stoß in die Seite. »Er aber auch nicht.«

Fernando fuhr sich mit der Hand durch die nassen Locken. »Ohne mich hättest du es nicht mal bis zur Insel geschafft.«

Einen Augenblick lang verschlug es Lilli die Sprache.

Ole wandte sich grinsend an Fernando. »Was heißt eigentlich Held auf Italienisch?«

»Idiot!« Lilli schubste erst Ole und dann Fernando auf die Sitzbank.

Eine Woge der Wut verdrängte ihr eben noch überschwängliches Gefühl der Erleichterung. Mit verschränkten Armen pflanzte sie sich vor den beiden schlotternden Wasserratten auf. »Ihr zwei, ihr habt doch einen Doppelknall!«

Und dann wurden Fernando und Ole von allen Seiten mit Vorwürfen bombardiert. Abwechselnd von Lilli, von Very und natürlich von Opa Hinsgen. Mit dem Bootshaken fischte Very das Seil aus dem Wasser und vertäute das Ruderboot am Heck.

Anstatt reumütig die Häupter zu senken, sprangen Ole und Fernando auf und gestikulierten wild. Lilli wandte den Blick ebenfalls Richtung Land. Aufgereiht wie die sieben Zwerge, standen Bob, Enya, Giulia, Gelatino, Justin, Mitch und Little auf dem Steg und jubelten. Mitch winkte mit einem Regenschirm, Bob und Enya wedelten mit T-Shirts, und Little schwenkte seine Hosenträger.

Lilli kippte den letzten Schluck aus ihrem Wasserglas in den Blumentopf mit Fernandos kleiner Agave. Nadjas Einkaufstüten mit Lebensmitteln lagen neben dem Blumentopf auf dem Mosaiktisch und Nadja selbst lehnte kopfschüttelnd an der Hauswand. Ole und Fernando saßen auf der Hollywoodschaukel und machten lange Gesichter. Die *Wilden Küken*, Little, Mitch, Giulia, Justin und Gelatino hockten auf der Terrassenbrüstung.

»Was habt ihr euch nur dabei gedacht?« Mit ernster Miene schritt Opa Hinsgen vor der Hollywoodschaukel auf und ab.

»Nichts«, sagte Ole. »Auf Italienisch *niente*, oder?«

Er beugte sich zu Fernando, und dabei quietschte die Hollywoodschaukel so erbärmlich, dass die beiden Angeklagten zu kichern anfingen.

»Ich wüsste nicht, was es da zu lachen gibt.« Nadja richtete sich auf und funkelte die beiden Jungs an. »Ihr habt euch grundlos in Gefahr begeben. Ich weiß, ihr wolltet Lilli eine Freude machen, aber das hätte dermaßen ins Augen gehen können.«

Ole sprang auf und blickte an Nadja vorbei zu Lilli. »Ihr wart doch auch in der Grotte! Verdammt!«

Opa Hinsgen drückte ihn wortlos zurück auf die Schaukel.

Nadja trat nah vor Ole. »Das war etwas völlig anderes. Wir hatten Fernandos Vater dabei! Ich habe viele Fehler in meinem Leben gemacht, glaub mir. Aber die schlimmsten sind die, aus denen man nichts lernt!«

»Sie hat recht«, sagte Fernando ernst. »Ich als der Ältere hätte das nicht zulassen dürfen.«

»Was heißt hier du als der Ältere?«, beschwerte sich Ole. »Ich hätte genauso wissen müssen, wie unverantwortlich das ist.«

»Ich wollte Lilli, *come si dice*, beeindrucken.« Fernando räusperte sich. »Deshalb war ich so unvernünftig, obwohl ich die Gefahr kannte.«

»Jetzt bilde dir bloß nichts ein, ich war noch viel unvernünftiger, weil es nämlich meine Idee war!« Trotzig verschränkte Ole die Arme.

Da fingen alle zu lachen an, außer den beiden natürlich, die sich ernsthaft darum stritten, wer von ihnen der Unvernünftigste war.

Nadja nahm die Einkaufstaschen, drückte Ole und Fernando je eine in die Hand und schob die beiden ins Haus. »Ich würde sagen, ihr zwei habt heute Küchendienst.«

Lilli rieb sich die Augen. War es ein Traum? Nadja saß auf ihrem Bett und flüsterte etwas. Noch halb im Schlaf, verstand Lilli die Worte nicht. Weil Nadja das Plüschküken in den Händen hielt, kam es Lilli so vor,

als würde Nadja mit Plüschka reden. Ein paar ihrer Haarsträhnen zitterten golden in dem Lichtstrahl, der durch die offene Tür hereinfiel.
»Warst du schon mal auf dem *Monte Lucertola*?«, fragte Nadja.
Lilli schüttelte den Kopf. »*Monte* heißt doch Berg, oder?«
Nadja strich ihr über die Haare. »Wenn wir uns beeilen, schaffen wir es noch vor Sonnenaufgang.«
Es war kein Traum. Lilli nahm wirklich ihre Kleider und schlich mit Nadja aus dem Zimmer. Und dann saß sie tatsächlich hinter ihr auf dem Motorrad.
Dunkle Baumschatten huschten vorbei. Die Luft war noch frisch und kühl und Lilli war dankbar für die viel zu große Lederjacke von Nadja. Kurz musste sie an die holprige Fahrt auf dem tuckernden Motorroller denken, aber kaum hatten sie die befestigte Straße erreicht, verflog dieser Eindruck. In jeder Kurve spürte sie die gebändigte Kraft der schweren Maschine. Lilli zog die Schultern zusammen und schmiegte sich an ihre Mutter. Im Visier des Helms flogen Straßenschilder und schlafende Dörfer vorbei. Immer wieder veränderte der wechselnde Straßenbelag das Fahrgeräusch. In enger werdenden Serpentinen führte die Straße den Berg hinauf. Lilli schlang die Arme noch fester um Nadjas Bauch und legte sich mit ihr in die Kurven.
Mit kribbelnden Füßen stieg Lilli vom Motorrad und zog sich den Helm vom Kopf. Nadja schnallte eine der Satteltaschen ab, schulterte sie und nahm Lillis Hand.

Im diffusen Morgenlicht kletterten sie einen steilen Gebirgsweg hoch und machten schließlich vor der Ruine einer Steinhütte halt.

An die Wand der Hütte gelehnt, ließ Lilli ihren Blick schweifen. Vor ihnen erstreckten sich dunkle Hügelketten, zwischen denen graue Nebel schwebten.

Nadja holte Kekse aus der Satteltasche und goss Kaffee in den Becherdeckel der Thermosflasche. Normalerweise trank Lilli keinen Kaffee, genauer gesagt, sie trank nie Kaffee, außer vielleicht mal den Milchschaum vom Cappuccino ihres Vaters. Aber als Nadja ihr jetzt den Becher hinhielt, probierte Lilli einen Schluck. Der Kaffee schmeckte bitter, die Kekse zuckersüß.

Langsam ergoss sich das Leuchten der aufgehenden Sonne über die Hügel. Die Wärme der ersten Strahlen drang allmählich durch die schwarze Lederjacke, Lilli aß noch einen Keks und trank einen weiteren Schluck Kaffee dazu.

Nadja legte den Arm um Lilli. »Du willst mich sicher tausend Sachen fragen.«

Lilli schwieg. Neben ihr raschelte es im dürren Gras. Eine grüne Eidechse huschte aus dem Schatten und verharrte dann auf der sonnenbeschienenen Steinwand.

»Eine Smaragdeidechse«, sagte Nadja. »Sie wärmt sich in der Sonne.«

Lilli betrachtete die Eidechse nachdenklich. »Sie können ihren Schwanz abwerfen.«

»Ich weiß.« Nadja beugte sich vor, um das Tier aus der Nähe zu betrachten. Sofort sauste die Eidechse bis zum

Ende der Steinwand. »Im Notfall lassen sie einfach ein Stück von sich zurück.«
»Genau wie du!«, murmelte Lilli.
Nadja nickte.
Eine Weile saßen sie genauso reglos da wie die Eidechse. Lilli blinzelte in die Sonne. Unter ihren Lidern schwebte das Abbild des glühenden Kerns.
Nadja suchte nach Worten. »Wahrscheinlich bist du ziemlich wütend auf mich.« Sie schluckte. »Ich wollte, ich könnte dir das erklären …«
»Das hast du doch schon.« Lilli schraubte den leeren Becher auf die Thermosflasche. »In meinem Zimmer, als wir auf meinem Teppich saßen, da hast du gesagt, nie kann man so bei sich selbst sein wie in der Bewegung!«
Beide hatten einen Kloß im Hals.
»Du fährst heute weiter Richtung Dubrovnik?«, fragte Lilli leise.
Nadja nickte. Sie umarmten sich.
Auch wenn noch eine knappe Stunde Motorradfahrt vor ihnen lag, auch wenn Lilli und Nadja sich erst vor der *Villa Cantarella* Auf Wiedersehen sagten – jetzt, hier auf dem *Monte Lucertola* war der Augenblick des Abschieds, den Lilli im Gedächtnis behalten wollte.

Bob, Enya und Very deckten den Frühstückstisch auf der Terrasse. Nadja verstaute den zweiten Helm und schnallte ihr Gepäck auf die Maschine. Sie winkte den *Wilden Küken* mit der schwarz-weißen Möwenfeder und steckte sie dann seitlich in ihre Satteltasche. Lilli stand auf den Terrassenstufen und Bob, Enya und Very stellten sich neben sie. Nadja klappte ihr Visier herunter, startete die Maschine und fuhr los.

»Wirst du sie je wiedersehen?«, fragte Bob neben Lilli.

»Ganz bestimmt!« Lilli ging zum Tisch, goss sich Kakao in die Tasse und freute sich über den einsetzenden Lärm.

Gelatino kam von seinem Morgenlauf zurück und hielt den Kopf unter die Gartendusche.

Opa Hinsgen rief durch den noch geschlossenen Fensterladen nach seiner Enkelin. »Verena, ich würde jetzt doch mal gerne lesen, was du schon hast!«

»Aber das Gedicht soll doch eine Überraschung sein!«, rief Very und lächelte ihren Opa unschuldig an, der sich aus seinem Fenster beugte und die Läden in ihre Halterungen drückte.

Der Reißverschluss des Igluzeltes ging mit einem Ratsch auf und Justin streckte seinen Kopf in die Morgenluft.

»Lichtschutzfaktor hundert«, schmunzelte Bob und schleckte Nuss-Nugat-Creme von ihrem Löffel.

Giulia tänzelte auf einer Sandale durch den Perlenvorhang. »Hat jemand meinen zweiten Schuh gesehen?«

Aus dem giraffengefleckten Bus ertönte ein Scheppern und kurz darauf Oles Stimme. »Mitch, gib Little sofort seine Hosenträger zurück.«

Littles Hosenträger wie eine Peitsche schwingend, hopste Mitch aus dem Bus. Ole setzte ihm nach, aber da stolperte Mitch auch schon über eine Zeltleine und plumpste rücklings durch den Mückenschutz in Justins Zelt. Ole lachte. Justin schrie und schimpfte. Mitch kam wieder auf die Beine, aber da hatte Justin ihn schon am Kragen. Mitch konnte zappeln, soviel er wollte, Justin schleppte ihn Richtung Schuppen, wo Gelatino noch stand und sich lachend die Haare abtrocknete.

»Das schreit nach Vergeltung«, brüllte Mitch. »Rache, Raaacheeee …!«

»Soweit ich weiß«, sagte Justin, »ist Rache ein Gericht, das am besten kalt serviert wird!«

Justin hielt den jaulenden Mitch unter den Brausekopf und Gelatino drehte die Dusche auf. Am Schluss waren alle drei patschnass. Gelatino, Justin und alle Zuschauer lachten, nur Mitch murmelte Verwünschungen und schleuderte die Hosenträger, die er immer noch in der Hand hatte, auf Justins Zelt.

»Buon giorno!«, begrüßte Enya den mit zwei Tüten eintreffenden Fernando auf Italienisch.

»Guten Tag!«, antwortete Fernando auf Deutsch und warf Enya einen Brotkringel zu.

»Enya will tatsächlich Italienisch lernen«, sagte Lilli und blickte zum Ufer. Enya stand zusammen mit Fernando bis zu den Knien im Meer und hielt Fernandos Taucherbrille wie eine Lupe ins Wasser.

»Und was heißt ›hüpfen‹?«, fragte Fernando und hüpfte.

»Saltellare«, sagte Enya. *»Uno, due, tre …«* Sie hüpfte ebenfalls und zählte auf Italienisch bis zwanzig.

Lilli lag bäuchlings auf der Strandmatte und malte kleine Küken in den Sand.
»Nur noch zwei Tage.« Very klappte ihr Notizbuch zu.
»Und du bist immer noch bei der ersten Zeile?« Lilli legte ein längliches Schneckenhaus als Schnabel an ihr Sandküken.
»Ich hab sieben erste Zeilen zur Auswahl«, sagte Very und grinste schief.
Bob tauchte ihre Hand in den Eimer mit Meerwasser und tropfte den Sandküken Augen. »Ich freu mich schon auf zu Hause.«
»Ich auch«, sagte Lilli. »Auf die Hühner und auf Sneaker und auf Papa.« Sie lächelte. »Ich freu mich sogar auf deine Tante!«
»Und ich freu mich auf die Standpauke von Opa.« Very winkte mit dem Notizbuch zu Opa Hinsgen, der mit der Contessa Hand in Hand durch das Pinienwäldchen spazierte.
Lilli ließ ihren Blick über die *Baia rocciosa* wandern und seufzte. Sosehr sie sich auf zu Hause freute – der salzige Geruch des Meeres, der heiße Sand und das Rauschen der Wellen, das alles würde ihr fehlen. Lediglich auf das Geplärr von Mitch würde sie auch in Zukunft nicht verzichten müssen. Mitch spielte Seeungeheuer und spritzte nicht nur Little nass, sondern auch Fernando und Enya.
Ole saß, grübelnd in eine Landkarte vertieft, auf der Leopardendecke. Lilli lief zu ihm. »Und? Wann fahrt ihr heim?«
»Auch übermorgen.« Ole strich über die Landkarte.

»Wo liegt eigentlich Kroatien?« Lilli kniete sich in den Sand.
Ole suchte auf der Karte. »Hier.«
»Und wo ist Dubrovnik?«
Ole legte einen Stein auf die Landkarte. »Da!«
Lilli kniete sich in den Sand. »In Dubrovnik ist das Festival, wo Nadja mit ihrer Tanzkompanie auftritt.«
»Da hat sie deinetwegen aber einen ziemlichen Umweg gemacht.«
»Wie meinst du das?« Lilli starrte Ole überrascht an. »Zu mir hat sie gesagt, Roccamare läge auf ihrem Weg.«
Ole platzierte einen weiteren Stein auf der Karte. »Hier ist München. Und hier ist Dubrovnik.« Er zeigte mit dem Finger den kürzesten Weg von München nach Dubrovnik. »Sie hätte gleich hier runterfahren können, über Triest zum Beispiel, dann Split und Dubrovnik.« Ole markierte auch Roccamare mit einem Stein. »Von Roccamare aus muss sie auf die andere Seite von Italien und dann mit der Fähre übers Meer bis Dubrovnik.«
Lilli betrachtete die Steine auf der Landkarte. Es stimmte. Nadja hatte einen riesigen Umweg gemacht. Lillis Herz klopfte vor Freude und in ihrer Vorstellung umarmte sie Ole dafür. In der Wirklichkeit stand sie auf und wischte sich den Sand von den Knien. »Danke!«
Ole legte den Kopf schief. »Wofür?«
»Deine Vier in Erdkunde hast du echt nicht verdient.«
Ole lächelte und der Wind blies Sandkörner über die Landkarte.

Enya schaute Lilli abwartend an. »Und? Was hältst du von der Idee?«

»Klingt ziemlich abgedreht!« Very fächelte sich mit ihrem Notizbuch Luft zu.

Bob nahm sich die letzte Limonade und klopfte auf die Kühlbox. »Die hier wäre wasserdicht!«

Lilli überlegte. Die *Olme* hockten auf der Leopardendecke und zeigten Fernando ihre Monsterspielkarten.

»Jetzt sag schon, Oberküken!« Enya biss sich auf die Lippe.

Lilli nickte. »Erstens brauchen wir einen Plan.« Sie blickte zu den Jungs. »Und zweitens Helfer.«

Eine Stunde später versammelten sich die beiden Banden zusammen mit Fernando im Schatten des Schuppens.

»Passwort?«, fragte Lilli.

Die *Grottenolme* und Fernando blickten sich fragend an.

»Passwörter sind eine Spezialität von Lilli.« Bob kicherte.

»Passwort *Regenbogen*«, sagten Very und Enya wie aus einem Mund.

Mitch zog die Stirn in Falten. »*Regenbogen* als Passwort find ich doof. Wie wär's mit *Tödliches Kommando* oder *Geheimauftrag Countdown*?«

»Oder *Sternschnuppe*?«, schlug Very vor.

Mitch schüttelte den Kopf. »Da können wir ja gleich *Rosarotes Pony* nehmen!« Er schob sein Kinn nach vorn. »Ich hab's: *Mission impossible*!«

Eine Weile ging das so hin und her, ohne dass sich *Grottenolme* und *Wilde Küken* auf ein Passwort einigen konnten. »Ruhe!« Lilli schlug mit der Hand gegen die Schuppenwand. »Fernando soll einen Vorschlag machen. Der ist weder ein *Olm* noch ein *Küken*!«

Fernando kratzte sich hinter dem Ohr. »Wie wär's mit *Libertà*?«

»Was heißt'n das?« Mitch boxte in die Luft, als müsste er einen unsichtbaren Gegner ausschalten.

»Freiheit!«, sagten Enya und Fernando gleichzeitig.

»Okay!« Lilli blickte zu Ole. »Wir brauchen einen Fahrer für die ganze Aktion.«

Der Boss der *Grottenolme* nickte. »Gelatino fährt nachher sowieso nach Roccamare.«

»Er ist mit dem Eisverkäufer Antonio verabredet«, sagte Little.

Mitch verdrehte die Augen. »Ich wette, es geht um irgendeine Überraschung für Giulia.«

»Dann wäre der Transport schon mal klar«, sagte Lilli. »Also brauchen wir nur noch einen genauen Zeitplan.«

Die *Wilden Küken* wiegten sich ausgehfertig in der Hollywoodschaukel hin und her. Bob strich über ihr T-Shirt. »Das wollte ich eigentlich auf der Heimfahrt anziehen.«

»Wo bleiben denn jetzt die Jungs?«, fragte Very. Aber da kamen sie auch schon aus dem Campingbus. Ole kramte in der Tüte mit der Aufschrift *Scherzartikel Schrobele*. »Ich hatte doch auch eine Kobra!«

»Das Zeug reicht doch auch so!«, sagte Mitch.

»Parole *Libertà*!«, flüsterte Little und sah sich verstohlen um.

»Habt ihr die Kühlbox?«, fragte Ole.

»Ist im Anmarsch!« Enya zeigte auf Fernando, der mit der Kühlbox vom Strand heraufkam. »Halb voll mit Meerwasser!« Fernando stellte die Kühlbox auf die Terrasse.

Lilli sprang von der Schaukel. »Und was habt ihr Gelatino erzählt?«

Ole schmunzelte. »Er denkt, wir wollen zum Abschied einfach noch mal durch Roccamare bummeln.«

»Auf geht's, pack ma's!« Gelatino kam aus der *Villa Cantarella* und trieb zur Eile an. »I wuill an Antonio net warten lassen!«

Gelatino parkte wieder in der Nebenstraße nahe der Piazza. Er holte eine Kühltasche aus dem Campingbus und wunderte sich darüber, dass auch Enya eine Kühlbox dabeihatte.

»Meine Schwester hat uns gebeten, frische Butter und Mortadella einzukaufen«, flunkerte Bob.

Gelatino schluckte das und schärfte ihnen ein, sich unbedingt zur verabredeten Zeit wieder am Campingbus einzufinden. »Auf d'Minut'n! Sonst schmilzt mei Überraschung für d'Giulia!«
Lilli versprach Gelatino, dass sie sich nicht verspäten würden, dann trennten sich ihre Wege. Gelatino verschwand in der Gelateria, wo ihn Antonio schon erwartete und überschwänglich begrüßte, die beiden Banden und Fernando überquerten die Piazza und setzten sich auf eine Bank.
»Wir sollten die Sache so knapp vor der Abfahrt durchziehen wie möglich.« Lilli rechnete die ganze Aktion mit dem Ergebnis durch, dass sie noch jede Menge Zeit totschlagen mussten. Also schlenderten sie alle zusammen noch ein wenig durch die steinernen Gässchen von Roccamare. Auf der breiten Treppe vor dem Brunnen hockten aufgereiht mehrere alte Männer. Manche stützten sich auf ihre Gehstöcke, andere lasen Zeitung, einige rauchten. Einer der alten Herren winkte Little zu.
»*Ciao, Signore Little!*« Es war der Mann, den Little im Schach besiegt hatte.
»*Ciao, Signore!*« Little strich stolz über seine Hosenträger und winkte ebenfalls.
Die *Wilden Küken*, Fernando und die *Grottenolme* umrundeten ein zweites Mal die Piazza und setzten sich dann nahe der Brücke auf das Mäuerchen am Fluss.
Bob warf einen angeekelten Blick in die Scherzartikeltüte. »Die sind echt grottenhässlich.«
Unwillkürlich schaute Lilli zu Ole. Er senkte seinen

Blick. Lilli wollte die gemeinsame Aktion der beiden Banden auf keinen Fall gefährden und unterdrückte ihren aufkeimenden Ärger, rutschte aber ein Stück weiter von Ole weg.
Bob zog mit spitzen Fingern eine der Riesenkakerlaken aus der Scherzartikeltüte. »Die sind zwar nur aus Plastik, aber ich würde doch lieber den Job mit der Gefrierbox machen.«
»Okay, wir tauschen«, sagte Very.
Ole kratzte sich am Kopf. »Ich frag mich nur, wo meine Kobra hingekommen ist.«
»Die liegt wahrscheinlich irgendwo im Bus.« Mitch schaute auf die Uhr. »Legen wir los, Boss?«
»Was meinst du, Oberküken?«, fragte Ole.
Und Lilli nickte.

Fernando stand auf der Brücke Schmiere. Im Falle einer überstürzten Flucht der beiden Banden sollte er als der Einzige, der fließend Italienisch sprach, die Verfolger mit irgendwelchen Erklärungen aufhalten.
»Libertà«, murmelte Lilli.
»Libertà«, antworteten alle anderen Verschwörer.
»Einsatzkommando Geheimauftrag«, fügte Mitch noch hinzu, und dann betraten die *Grottenolme* und die *Wilden Küken* das *Ristorante Rocco.*
Lilli, Bob und Enya blieben möglichst unauffällig vor dem Aquarium stehen und betrachteten mit gespielter Langeweile den Tintenfisch. Very redete auf Englisch mit dem Ober. Der Ober nickte und führte Very und

die drei *Grottenolme* auf die schwimmende Terrasse des Restaurants hinaus. Enya holte aus ihrer Tasche den alten Arbeitshandschuh, den sie im Schuppen der *Villa Cantarella* gefunden hatten, und schlüpfte mit der rechten Hand hinein. Bobs Finger waren um den Henkel der Kühlbox gekrallt. Träge klebte der Tintenfisch in seiner Ecke des Aquariums und kringelte die Spitzen seiner Fangarme zu Spiralen. Lilli war zwar sofort von der gemeinsamen Bandenaktivität begeistert gewesen, aber gänzlich überzeugt von der Richtigkeit ihres Vorhabens war sie erst jetzt, als sie in diese trüben Tintenfischaugen sah.

Weder die wenigen Gäste noch der Ober, der Very die Speisekarte erklärte, achteten auf Little, Mitch und Ole. Die drei taten, als würden sie die Konstruktion der Terrasse bewundern. In Wahrheit verteilten sie klammheimlich den Inhalt der Tüte.

Lilli untersuchte die Klappe des Aquariums und gab Very nach draußen ein Zeichen. Lilli wartete ab, bis Very den Gummitausendfüßler aus der Hosentasche zog, und öffnete die Klappe des Aquariums.

Auf der Terrasse ertönte erst Verys erprobter Aufschrei, dann das Gezeter der *Grottenolme* und schließlich das Gekreisch der Gäste.

Alle Kellner rannten nach draußen.

Very ließ den Tausendfüßler sehr lebendig zappeln und dann in den Fluss plumpsen. Lilli hielt die Klappe des Aquariums hoch. Ein fischiger Geruch stieg ihr in die Nase. Enya stopfte noch flugs eine kleine Papierrolle zwischen die Mauer und die Aquariumscheibe, bevor sie mit der Handschuhhand ins Wasser griff. Sofort schlang Rocco seine Tentakel um ihren Arm.

»Deckel auf«, zischte sie.

Bob hob den Deckel der mit Meerwasser gefüllten Gefrierbox an, Enya zog ihren Arm mitsamt Rocco aus dem Aquarium und hielt ihn in die Gefrierbox. »Lass mich los, Rocco, bitte!«, stöhnte Enya und streichelte ratlos den Tintenfisch.

»Sie kommen!«, rief Lilli. »Los!« Sie packte den Henkel an der einen Seite, Bob an der anderen. Zu zweit trugen sie die Kühlbox so vor Enya her, dass die ihren Arm mitsamt Rocco unter Wasser halten konnte.

Draußen nahm Fernando das seltsame Dreiergespann mit Kühlbox in Empfang und führte es durch ein enges Tor in eine schmale, menschenleere Gasse. Dort löste er Roccos Saugnäpfe von Enyas Arm und Lilli drückte den Deckel auf die Kühlbox.

»Sie atmen zwar unter Wasser, aber vielleicht brauchen sie doch Frischluft«, sagte Enya und klemmte den Handschuh unter den Deckel.

Lilli lief voran um die nächste Ecke. Niemand wartete auf dem Parkplatz.

»Sie haben sie erwischt!« Bobs Nasenspitze wurde ganz weiß.

Gerade als Lilli umkehren und zurück in das Restaurant gehen wollte, lugte erst Very hinter dem Bus hervor und dann die *Grottenolme.* »Ist euch jemand gefolgt?«, fragte Lilli erleichtert.

»Nein.« Ole zeigte auf Very. »Sie hat echt Talent als Zicke.« Noch während er es sagte, erstarb das breite Grinsen auf seinem Gesicht.
Enya hob den Deckel der Kühlbox an, und alle betrachteten Rocco, der sich in eine Ecke der Box quetschte.
Little hüstelte. »Das war Erregung öffentlichen Ärgernisses in Tateinheit mit Fischdiebstahl.«
»Hoffentlich kommt Gelatino bald, nicht, dass sie uns doch noch erwischen.« Mitch stellte sich auf die Zehenspitzen und spähte Richtung Piazza.
»Fischdiebstahl war's auf keinen Fall«, sagte Enya. »Ich hab denen nämlich Geld dagelassen.«
»Woher weißt du denn, was er kostet?« Little zeigte auf Rocco.
»Tintenfisch stand ja auf der Speisekarte.« Zufrieden schmunzelnd verschloss Enya die Kühlbox wieder.
Eine Minute später kam ein strahlender Gelatino, er öffnete den Bus und verstaute seine Kühltasche. »Und? Habt's a guade Mortadella kauft?«
Alle nickten und kletterten in den Campingbus.

Eigentlich wollten die *Wilden Küken*, Fernando und die *Grottenolme* sofort mit Rocco ans Meer hinunter. Aber Gelatino bestand darauf, ihnen noch das Meisterwerk zu zeigen, das er zusammen mit seinem italienischen Kollegen geschaffen hatte. Er versicherte sich, dass Giulia nicht in Sichtweite war, dann hob er die Eiskreation vorsichtig aus seiner Kühltasche. »Tartufo! Des is a Spezialität aus verschiedne Schichten!«

»Davon hat doch deine Nonna erzählt«, sagte Lilli zu Bob.
Gelatino stellte die Eisspezialität ins Gefrierfach und legte, zum Stillschweigen mahnend, den Finger auf den Mund. »Damit überrasch ich d'Giulia morgen beim Frühstück.«
»Wir gehen dann mal an den Strand«, sagte Enya und drängte hinter Gelatinos Rücken zur Eile.
»Wollt's ihr die Mortadella net in Kühlschrank doa?«, fragte Gelatino, aber da waren Fernando und die beiden Banden mitsamt ihrem Fang schon zur Tür hinaus.

Enya lief mit der Kühlbox voraus, gleich nach ihr kamen die *Grottenolme* und die restlichen *Küken*. Auf halber Höhe blieb Ole im Hohlweg stehen. »Sand im Schuh.«
Nur Lilli verlangsamte ihr Tempo. Wieso nestelte er so umständlich an seiner Sandale herum, anstatt den Sand einfach herauszuschütteln?
»Wartet nicht auf mich!«, rief Ole.
Aber Lilli wartete trotzdem. Kaum waren die anderen verschwunden, kümmerte Ole sich nicht mehr weiter um seine Sandale, sondern lief schnell zu Lilli. »Du hättest nicht zu warten brauchen.« Der Klang seiner Stimme verriet Lilli, dass er etwas auf dem Herzen hatte.
Sie waren erst wenige Schritte nebeneinanderher durch den Hohlweg gegangen, da blieb Ole erneut stehen. Als nähmen die verschlungenen Wurzeln und krummen Baumstämme ausgerechnet jetzt seine ganze Aufmerksamkeit in Anspruch, drehte er den Kopf von Lilli weg.

»Du hast gehört, was ich an dem Abend zu Fernando gesagt hab, oder? Über dich.«

»Dass ich eine grottenhässliche Zicke bin?«, fragte Lilli spitz und starrte auf seinen Rücken.

»Das hab ich nur gesagt, damit Fernando sich nicht in dich verknallt!« Ole schaute Lilli nur kurz aus dem Augenwinkel an, dann lief er den anderen hinterher.

Auch Lilli rannte los. Ole hatte zwar einen Vorsprung, aber Lilli holte auf. Im Pinienwäldchen war sie knapp hinter ihm und schließlich lieferten sie sich ein Kopf-an-Kopf-Rennen bis in die Bucht.

Lilli und Ole erreichten gleichzeitig das Meer. Beide fielen keuchend auf die Knie und verschnauften erst einmal. Die Hühnerfeder, die Lilli um den Hals trug, baumelte vor ihren Augen. Eine Welle schwappte bis an ihre Knie. Ole schleuderte sich etwas Salzwasser ins Gesicht. An seinem Handgelenk trug er das Lederband mit dem eingeprägten Grottenolm.

»Wartet auf uns!« Ohne die Sandalen durch Schwimmschuhe zu ersetzen, stapfte Lilli ins Meer hinaus.

Fernando, Bob und Very standen im Kreis um Enya herum. Bob, der Kleinsten, reichte das Wasser bis an die Oberschenkel. Sie hielt die Hosenbeine ihrer Shorts hoch, damit die Wellen sie nicht erwischten. Ole schob sich zwischen Mitch und Little. Lilli zwischen Very und Bob.

Enya zog den Handschuh heraus, nahm den Deckel der

Kühlbox ab und reichte beides Fernando. Der Kreis um Enya und Rocco wurde immer enger. Eine Kette aus neugierig vorgereckten Köpfen. Der Tintenfisch hockte wie ein unförmiger Klumpen in einer Ecke der Kühlbox. Langsam drückte Enya das Gefäß unter Wasser. Kaum sprudelte das frische Meerwasser über den Rand, streckte sich ein Fangarm aus dem Klumpen. Die Box war jetzt ganz unter Wasser und Enya kippte sie ein wenig. »Guck mal, Rocco, das Meer!«

»Schon komisch, bei uns ist das Kleine die Heimat und das Große die Fremde«, murmelte Bob. »Für Rocco war das kleine Aquarium die Fremde und das weite Meer ist seine Heimat.«

Der Tintenfisch rollte jetzt all seine Arme aus, legte sie, so gut das in der engen Box möglich war, ausgestreckt aneinander und verharrte eine Sekunde. Seine Augen sind gar nicht mehr so trüb, dachte Lilli gerade, da schoss der Tintenfisch mit einer kräftigen Bewegung all seiner Muskeln ins freie Wasser. *Küken* und *Olme* stießen sich die Köpfe und wateten dem Tintenfisch hinterher. Bobs Hosenbeine tauchten schon längst ins Wasser, da endlich entdecken ihn die *Wilden Küken*. Rocco quetschte sich am Meeresgrund zwischen zwei Felsbrocken.

»Seht ihr das?« Fasziniert beobachtete Lilli, wie der bleiche Tintenfisch die Farbe wechselte und schließlich gut getarnt zwischen den dunkelbraunen Felsen steckte. Ohne Rücksicht auf ihr T-Shirt tauchte Enya unter. Langsam streckte sie die Hand aus und berührte Rocco

sanft. Auch die Zuschauer über Wasser hielten die Luft an. Enya wedelte mit der Hand und Rocco schwamm mit kräftigen Schwimmstößen ins offene Meer hinaus. Fernando seufzte, verkniff sich aber jeden Kommentar. Enya tauchte auf und strahlte so glücklich über das ganze Gesicht, dass schließlich auch Fernando lächeln musste. Lilli, Ole, Mitch, Very und Bob klatschten.
Und Little sagte nur ein einziges Wort: *»Libertà!«*

Die Abreise war für morgen fünf Uhr früh geplant, also war das heute ihr letztes richtiges Frühstück in der *Villa Cantarella*.

Weil es anfing zu tröpfeln, trugen die *Grottenolme* den Mosaiktisch von der Terrasse ins Wohnzimmer. Dort rückten sie ihn an den Wohnzimmertisch und halfen dann Enya, für zwölf Personen aufzudecken. Gelatino stand mit Lilli in der Küche und kochte Kaffee und Kakao.

Very und Bob waren zusammen mit Opa Hinsgen nach Roccamare gefahren, um sich von den Cantarellas zu verabschieden und die Modalitäten der Schlüsselübergabe zu klären. Opa Hinsgen war fest entschlossen, den vollen Preis für die Villa zu bezahlen. »Roccamare ist unvergleichlich«, hatte er gesagt, bevor er in den Van stieg. »Ich war schon an den schönsten Plätzen der Welt. Aber so glücklich wie hier war ich schon lange nicht mehr.«

Enya saß allein am fertig gedeckten Tisch und blätterte in ihrem italienischen Wörterbuch und die *Grottenolme* lümmelten mit ihren Monsterspielkarten auf dem Sofa herum.

Lilli warf die trockenen Weißbrotreste in eine Schüssel, gab Zimt und Zucker und Pinienkerne dazu, goss einen Schuss Milch darüber und vermanschte alles mit den Händen.

Gelatino nahm die italienische Espressokanne vom Herd, ging damit bis zur Treppe und spähte hoch zu Giulias Zimmertür, die, wie so oft in den Morgenstunden, noch geschlossen war. Er stellte die Kanne auf eine Unterlage, öffnete den Kühlschrank und sah zum wiederholten Male nach seiner Überraschung im Gefrierfach, während Lilli Teiglaibchen formte. Gelatino hielt sich die frisch gespülte Pfanne wie einen Spiegel vors Gesicht und zupfte an seinen Haaren herum. »Moanst, i soll d'Giulia aufwecken?« Fragend schaute er zu Lilli.

Sie nahm ihm die Pfanne aus der Hand, stellte sie auf den Herd und warf ein großes Stück Butter hinein. »Wenn Giulia nicht ausgeschlafen hat, dann …«

»… dann is' total grantig!«, vollendete Gelatino Lillis Satz.

Beide sahen der Butter beim Schmelzen zu. »I hob statt der bitteren Schokolad Nugat ins *Tartufo* do.« Gelatino lächelte. »Sie mog doch so gern Nugat.«

Vorsichtig legte Lilli die Teiglaibchen in die brutzelnde Butter. Der Duft von Zimt und Gebäck durchzog die Küche und Lilli stiegen Tränen in die Augen.

Plötzlich stand Very mit einer Wassermelone in der Tür, und hinter dem blauen Perlenvorhang grinste Bob, hielt zwei Mohnhörnchen an Verys Hinterkopf und machte »Muh!«. Lachend brach Lilli sich ein Stück von Verys

Hörnchen ab, als Fernando hereinkam und eine mit Marmeladengläsern gefüllte Obstkiste mit sich schleppte. »Von meiner Mama.«

»*Mille grazie!*«, riefen die Küken im Chor.

»Soll ich schon mal Justin wecken?«, fragte Ole im Wohnzimmer.

»Mach das bloß nicht!« Mitch sprang so abrupt auf, dass Little die Karten aus der Hand fielen.

Opa Hinsgen bekam von alldem nichts mit. Telefonierend stand er am Fenster. »Ja, dann bis später, Bea.« Er legte auf. »Bea kommt nicht zum Frühstück, also könnten wir anfangen.«

»Prima! Es regnet auch nicht mehr.« Bob öffnete die Tür und ein angenehmer Luftzug strich durch die *Villa Cantarella*.

Endlich saßen alle um den Tisch herum, bis auf Giulia, Justin und Gelatino, der noch immer in der Küche herumhantierte. Schließlich kam auch er ins Wohnzimmer und stellte seine *Tartufo*-Kreation auf den Tisch. Abwehrend hob er die Hände. »Finger weg!« Dann wandte er sich an Bob. »Sei so guat und weck dei Schwester!«

Aber noch bevor Bob an Giulias Tür war, ertönte draußen vor der Villa ein schriller Schrei. Alle rannten hinaus und starrten auf Justins Zelt. Ein hysterisches Kreischen drang aus dem Innern, das ganze Zelt wackelte und beulte sich aus, als würde es gleich explodieren. Mit einem Ratsch ging der Reißverschluss auf und Giulia sprang heraus. Angewidert schüttelte sie

sich und zog sich das T-Shirt, so gut es ging, über die nackten Beine.
»Giulia!« Jetzt kroch Justin aus dem Zelt. Er hielt die Gummikobra hoch, nach der Ole gestern gesucht hatte. »Giulia, die ist nicht echt!«
Lilli hörte Mitch hinter sich murmeln: »Tja, Rache ist ein Gericht, das am besten kalt serviert wird.«
»Wann hast du ihm denn die ins Zelt geschmuggelt?«, fragte Ole.
»Gestern schon!« Mitch grinste zufrieden. »Der Trottel hätte sie längst entdecken müssen!«
Giulia lief an Gelatino vorbei ins Haus.
»Knallkopf!« Justin warf Mitch die Schlange ins Gesicht und rannte Giulia hinterher.
Opa Hinsgen nahm Mitch die Kobra aus der Hand.
»Das war nur ein Scherz, Herr Hinsgen. Und ich wusste ja nicht, dass Giulia ...« Mitch deutete auf das Zelt.
Kopfschüttelnd betrachtete Opa Hinsgen das künstliche Reptil. »Was die Chinesen so alles herstellen. Sieht täuschend echt aus. In deinem Alter hätte ich mir auch so eine zugelegt. Du bist trotzdem ein Knallkopf, Mitch.«
Er gab Mitch die Schlange mit einem milden Lächeln zurück.
»Vielleicht hab ich Glück und das mit meinem Gedicht geht auch so glimpflich ab«, flüsterte Very, aber Lilli hörte nur mit halbem Ohr zu.
»Jungs?!« Gelatino holte die Landkarte aus dem Campingbus. »Am besten fahr ma heit scho! Dann ham wir wenigstens net so viel Rückreiseverkehr.«

Lilli seufzte und ging rein. Auf dem Tisch schmolz das *Tartufo*-Eis.

Nach dem Frühstück halfen die *Wilden Küken* und Fernando den *Grottenolmen* beim Packen.
Gelatino schlug die Heckklappe zu, klopfte aufs Autodach und klemmte sich hinters Steuerrad. Alle, auch Opa Hinsgen, Justin und Giulia, winkten dem giraffengefleckten Bus hinterher. Fast war das Gefährt schon hinter den Büschen verschwunden, da streckte Ole noch mal den Kopf aus dem Fenster. »Ciao, Lilli!«
»Ciao, Ole!« Sosehr Lilli Abschiede hasste, so sehr freute sie sich auf den Rest der Ferien. Und auf jede Menge Wasserpistolenduelle.

Opa Hinsgen polierte seine Goldknöpfe, setzte sich in den Van und fuhr zur Contessa. Giulia und Justin hockten auf der Hollywoodschaukel und blätterten in dem Italienführer, den Lilli zum Geburtstag bekommen hatte. Justin las etwas über ein sehenswertes Kastell vor, während Giulia verliebt an seinem Ohr knabberte. Die beiden hatten beschlossen, noch ein paar Tage zu bleiben und mit Justins Auto weiter nach Süden zu fahren.
Lilli holte gerade ihre Schwimmschuhe vom Balkon, als ihr Handy klingelte. Lillis Vater war dran. Er erkundigte sich, wann sie morgen zu Hause eintreffen würden, und las dann noch eine Postkarte von Wilma vor. Lilli lauschte auf die Stimme ihres Vaters, und obwohl

so viele Kilometer zwischen ihnen lagen, klang er wie immer. Lilli hörte Sneaker im Hintergrund bellen, und Luisa rief: »Lieber Nudeln oder Kartoffeln?«

Kartoffeln, dachte Lilli.

»Lilli, es kommt gerade ein Kunde«, sagte ihr Vater.

Sie bat ihn noch schnell, Grüße an Luisa auszurichten, und legte auf.

Egal, wo man selbst war, überall ging das Leben weiter. Lilli blickte über die Wipfel der Pinien Richtung Meer. Die Welt drehte sich nicht nur um eine Achse, sondern für jeden Menschen um eine andere. Es gab nicht einen Mittelpunkt des Universums, sondern mehr als sechs Milliarden. Die meisten waren wie die Sterne unendlich weit voneinander entfernt. Aber es gab auch welche, die lagen so nah beieinander, dass sie zusammen eine Galaxie bildeten. Und in der Galaxie gab es einige wenige, die sich in einem winzigen Sternensystem umeinander drehten. Lilli schloss die Augen und schwebte ein bisschen durch die Schwerelosigkeit des Weltalls. Der Planet vor ihr sah blau und verlockend aus.

»Hallo, Erde an Lilli, bitte melden!«, sagte Bob.

»Hat jemand mein blaues Handtuch gesehen?«, fragte Enya.

Und Very putzte ihre Sonnenbrille.

Lilli verstaute ihre Schwimmschuhe in der Badetasche und erzählte von der Postkarte, die Wilma geschrieben hatte. Sie konzentrierte sich und sagte den Text auf, den sie sich eingeprägt hatte. *»Liebe Wilde Küken. Ich bin nur in Gedanken verreist, denn ich mache hier ein Fe-*

rienpraktikum bei einer Theatergruppe. Ich spiele zwar nur die kleinste Nebenrolle, aber es macht mir Riesenspaß, dabei zu sein. Der einzige Satz, den ich zu sagen habe, geht so: Die Luft ist lau und der Abend noch jung. Immer junge Abende und laue Luft wünscht Euch Euer Wildes Huhn Wilma«

»Wo ist eigentlich die Postkarte, die wir den *Wilden Hühnern* schreiben wollten?«, fragte Bob.

»Liegt noch immer in der Küche.« Very steckte die Sonnenbrille in die Haare.

Enya fischte ihr Handtuch aus dem Schrank. »Und wir haben noch immer keine Briefmarke.«

Der Sand erschien Lilli feiner als sonst, die Wellen höher, das Wasser salziger und jede Sekunde kostbar. Es war ihr letzter Nachmittag in der *Baia rocciosa* und die Zeit verging viel zu schnell. Die *Wilden Küken* saßen zusammen mit Fernando im Sand und schauten der Sonne dabei zu, wie sie groß und rot im Meer versank.

Fernando stand auf und verabschiedete sich sehr förmlich. Aber als Bob ihn dann einfach umarmte, umarmten ihn auch Very, Lilli und Enya.

»*Arrivederci*«, sagte Fernando. »Das heißt: Auf Wiedersehen!«

»Und was heißt *Qualcuno viene a trovarmi*?« Enyas Stimme klang heiser.

»Jemand besucht mich!«, antwortete Fernando.

Die Morgenluft war kühl und frisch. Obwohl sie noch die halbe Nacht geredet hatten, waren die *Wilden Küken* jetzt hellwach.

Arm in Arm verfolgten Giulia und Justin die Reisevorbereitungen vom Balkon aus. Die *Wilden Küken* verstauten ihre Reisetaschen und Rucksäcke im Kofferraum des Vans. Etwas abseits hielt der Wagen der Contessa. Sie stieg aus und gab Very ein edles Notizbuch, das mit Geschenkband umwickelt war.

»Für mich?«, fragte Very verwundert.

Die Contessa zwinkerte. »Dein Notizbuch ist doch längst vollgeschrieben, also hab ich mir gedacht, du brauchst vielleicht ein neues.«

Opa Hinsgen breitete die Arme aus und drückte die Contessa an sich.

»Ruf mich an, damit ich weiß, dass ihr gut angekommen seid«, sagte sie und küsste ihn dann lange auf den Mund.

Bob überprüfte bereits zum dritten Mal, ob sie auch wirklich alle Souvenirs eingepackt hatte, und Enya putzte noch schnell die Rückspiegel vom Van blitzblank. Gleich würden die *Wilden Küken* einsteigen und nach Hause fahren.

»Ich muss mich noch vom Meer verabschieden!«, rief Lilli und rannte um den Feigenbaum herum, an der Poolbaustelle vorbei, durch die Oleanderbüsche hindurch in den Hohlweg. Sie durchquerte das Pinienwäldchen und machte erst am Wasser halt. Hinter ihr im Sand war das Loch, in das sie jeden Tag den Sonnenschirm gesteckt hatten, und draußen auf dem Meer barg die Felseninsel die *Grotta d'amore*. Lilli ließ ihren Blick ein letztes Mal über die Bucht schweifen, streckte noch schnell ihre Hände ins Meer und lief zurück.

Lillis Gepäck türmte sich im Flur, und Sneaker sprang wie ein Verrückter hin und her, als müsste er beweisen, wie viel besser ein Hund ohne Gips herumtollen kann.
»Lilli, Lilli!«, murmelte ihr Vater nur immer wieder, drückte sie noch fester an sich und drehte sich mit ihr im Kreis. Lilli schmiegte sich an ihn und fühlte sich genau in der Mitte ihres Sternensystems.
»Zweieinhalb Stunden Stau, ihr Armen.« Luisa streichelte ihr über den Rücken.
»Geht es den Hühnern gut?«, fragte Lilli.
Ihr Vater ließ sie runter. »Du kannst ihnen ja noch frisches Wasser geben.«
Luisa zerrte ihren Pantoffel aus Sneakers Maul. »Seit der Gips ab ist, klaut er wieder meine Schuhe!« Luisa lachte seufzend. »Lauf mit Lilli, Sneaker, los!«

Den Hühnern ging es gut. Sie hockten im Gewächshaus und gackerten und gluckten, als hätten sie Lilli unendlich viel zu erzählen. Draußen vor der Gewächshaustür hockte Sneaker und spielte brav den Wachhund. Lilli streichelte Flocke, Ines, Bussi und Birdie, gab ihnen frisches Wasser und verschloss die Gewächshaustür wieder sorgfältig. Einen Augenblick lang stand sie im Garten und lauschte. Aus dem Gewächshaus drang leise das Gurren der Hühner, aus dem Haus hörte sie ihren Vater und Luisa reden, und neben ihr hechelte Sneaker.

Lilli schob die Terrassentür auf und wollte ins Wohnzimmer, aber Luisa trat ihr in den Weg.

»Warte noch eine Sekunde, Lilli«, hörte sie ihren Vater von drinnen rufen. »Jetzt!«

Luisa gab den Weg frei.

»Alles Gute zum Geburtstag!«, sagte Lillis Vater.

Und Luisa rief: »Los, auspusten!«

Der Tisch war festlich gedeckt, viele Kerzen brannten auf einem Kuchen, und Lilli war zumute, als hätte sie noch einmal Geburtstag. Sie holte tief Luft und pustete. Mit dem letzten Quäntchen Atem schaffte sie es gerade noch, auch die letzte Kerze auszublasen. Feine Rauchfäden stiegen auf und kurz tanzten Sterne vor ihren Augen.

Luisa legte ihren Arm um sie. »Den Kuchen gibt es erst zur Nachspeise. Ich hab den Auflauf jetzt zweieinhalb Stunden warm gehalten.«

Lilli lief hinter Luisa her in die Küche, wo es köstlich duftete. Luisa nahm die mit Alufolie abgedeckte Auflaufform aus dem Herd und Lilli holte Holunderlimonade aus dem Kühlschrank. Auf der Kühlschranktür klebte ein Rezeptzettel. *Kartoffelauflauf mit Brokkoli* stand in Luisas Lehrerinnenschrift auf dem karierten Blatt und Lilli musste schmunzeln.

Frisch geduscht und im Schlafanzug kam Lilli hundemüde aus dem Bad. Vor ihrer Tür warteten ihr Vater und Luisa und warfen sich verstohlene Blicke zu. Lilli drückte die Klinke. Die Sternlampe neben dem Bett leuchtete und auf dem Teppich stand ein nigelnagelneuer Fahrradanhänger!
»Du musst doch ständig Sachen zur Weiherwiese transportieren!«, sagte Luisa und lächelte.
Begeistert begutachtete Lilli den Anhänger. »Damit kann ich morgen die Hühner zur *Mystery* fahren.«
Lilli gähnte und war plötzlich so müde, dass sie kaum noch die Augen offen halten konnte. Da hob ihr Vater sie in ihr Burgbett und Luisa breitete die Decke über sie. Mit dem guten Gefühl, zu Hause zu sein, schlang Lilli die Arme um Luisa und schlief ein.

Gleich nach dem Frühstück sauste Lilli rauf in ihr Zimmer und verteilte ihre Schätze auf dem Fensterbrett. Den Blumentopf mit der kleinen Agave, die bunten Steine und Glasscherben, die Muscheln, die beiden grün-weiß-roten Kettchen mit den falschen Namen und natürlich die Chinamuschel und die Wendeltreppenschnecke. Die Morgensonne leuchtete durch den Holunderbusch und ließ das Gewächshaus grünlich schimmern. Lilli lief nach unten und hinaus in den Garten.
Luisa gab Lilli eine Postkarte, die sie eben aus dem Briefkasten geholt hatte, und half ihr dann dabei, Bussi, Birdie, Ines und Flocke einzufangen. Lillis Vater sammelte die Eier ein, während Lilli die Hühner in ihren mit

Stroh ausgepolsterten neuen Fahrradanhänger setzte. Luisa schloss die Regenhaube des Anhängers und Lilli befestigte ihn an ihrem Fahrrad.

Mitten auf der Weiherwiese bremste Lilli und stieg ab. Hatte sie da nicht eben eine Gestalt an Deck der *Mystery* gesehen? Lilli schob noch ein Stück, dann ließ sie das Rad mitsamt Anhänger stehen und lief zum Steg. Oben auf dem Schiff hörte sie ein Geräusch. Wer konnte das sein? Mit Very, Bob und Enya war sie erst in einer halben Stunde verabredet. Vielleicht hatte sie sich auch getäuscht. Lilli lauschte, aber außer einem leisen Glucksen unter dem Steg war nichts zu hören. Sie schüttelte über sich selbst den Kopf, da entdeckte sie das im Gras liegende Fahrrad.
»Ole?«, rief Lilli.
»Erwischt!« Oben an Bord kam Ole hinter der Kükenkajüte hervor.
»Was hast du denn hier verloren?« Lilli kletterte die Leiter hoch.
Ole lächelte ein wenig merkwürdig, gab aber keine Antwort. Unten im Anhänger gackerten die Hühner.
»Hattet ihr viel Stau gestern?« Ole setzte sich auf die Schaukelbank neben der Kükenkajüte.
»Zweieinhalb Stunden«, sagte Lilli.
»Wir sind glatt durchgekommen.« Ole schaukelte auf der Bank hin und her.
»Dann hilf mir wenigstens mit den Hühnern, wenn du schon hier bist.« Lilli öffnete die Tür der Kükenkajüte

und stieß einen Laut der Überraschung aus. Mitten im Stroh lag ein kleines Schiff. Lilli bückte sich und nahm es hoch. *Mystery* stand in klitzekleinen Buchstaben auf der Schiffswand und die geschnitzte Galionsfigur war eindeutig ein Huhn. Es gab eine Kajüte und daneben klebte eine winzige Schaukelbank. Lilli setzte sich mit dem Modell ihres Bandenquartiers in der Hand neben Ole auf die echte Schaukelbank.

»Hast du das gemacht?«

Ole nickte.

Lilli konnte es kaum fassen. Ole musste viele Stunden daran gearbeitet haben.

»Dafür hast du das Werkzeug von meinem Vater gebraucht?!«

Ole kratzte sich am Hinterkopf. »Er hat mir ein paar Tipps gegeben und den Schiffsrumpf zugeschnitten. Aber den Rest hab ich allein gemacht.«

Lilli hielt das Schiff in den Händen und wusste nicht, was sie sagen sollte.

Ole lächelte. »Alles Gute zum Geburtstag, Lilli!«

Lillis Herz klopfte. Ole hatte in Italien nicht gelogen. Es stimmte, er hatte wirklich ein Geschenk für sie.

Gemeinsam brachten Lilli und Ole Flocke, Ines, Birdie und Bussi an Bord und setzten sie in die Kükenkajüte. Ole füllte die Futternäpfe und Lilli gab den Hühnern frisches Wasser.

»Ich fahr dann mal.« Ole kletterte hinunter auf den Steg.

Lilli hob das Modell der *Mystery* hoch. »Das stelle ich neben meine Sternlampe.«
Auf dem Steg blieb Ole kurz stehen und zeigte auf die Planke.
»Was bedeutet denn *Tylondsa*?«
»Alles Mögliche«, sagte Lilli leise.
Sie sah zu, wie Ole auf sein Fahrrad stieg und über die Wiese fuhr. Oben am Feldweg drehte er sich noch mal um und rief: »Tylondsa, Lilli!«
Mit dem kleinen Schiff im Arm stand Lilli an der Reling und winkte.

Very, Bob und Enya hockten in der Kükenkajüte und streichelten ihre Hühner. Lilli hatte Flocke auf dem Schoß und las die neue Postkarte vor. *»Liebe Wilde Küken. Ich sitze gerade in Reit im Winkl und warte auf besseres Wetter. Zum Glück gibt es in der Berghütte hier einen offenen Kamin, in dem wir Feuer machen können. Das klingt ziemlich langweilig, aber Ihr wisst ja, die wahren Abenteuer passieren im Kopf. Euer Wildes Huhn Sprotte«*
Nachdenklich betrachteten alle das Bergpanorama auf der Postkarte.
»Ich dachte, sie wollte zusammen mit Fred fahren«, sagte Very fast enttäuscht.
»Ist sie doch auch. Hier.« Lilli zeigte auf die seitlich hingekritzelten Worte. *Herzliche Grüße! Euer Fred*
Die *Wilden Küken* legten alle fünf Postkarten, die sie von den *Wilden Hühnern* bekommen hatten, zwischen

die Seiten ihres Bandenbuchs und klebten die Fotos ein, die Very in Italien gemacht hatte. Danach kletterten sie von Bord und hockten sich auf den Steg.
Endlich schrieben sie die Karte an die *Wilden Hühner*, die sie schon die ganze Zeit hatten schreiben wollen. Bob pustete die Tinte trocken und dann betrachteten sie alle die Postkartenansicht von Roccamare und träumten von Sonne, Strand und Meer.
»Ich hab Fernando eine SMS geschrieben«, sagte Enya leise. »Auf Italienisch!«
Very zeigte ihren Freundinnen die vollgeschriebenen Seiten ihres neuen Notizbuches.
»Das ist doch gar nicht deine Schrift!«, sagte Bob.
»Nein, die von der Contessa«, antwortete Very. »Sie hat mir nicht nur das Notizbuch geschenkt, sondern auch gleich ein siebenseitiges Gedicht zu Opa Hinsgens Firmenjubiläum reingeschrieben.«
»Und?«, fragte Enya. »Ist es gut?«
»Perfekt.« Very steckte das Notizbuch zurück in ihren Rucksack und klimperte mit den blonden Wimpern. »Schließlich ist Bea Journalistin!«
»Erst hatte ich Heimweh und jetzt?«, Bob seufzte. »Jetzt hab ich fast ein bisschen Fernweh!«
Lilli ließ ihre Füße ins Wasser baumeln. Nebeneinander saßen die *Wilden Küken* auf dem Steg. Hoch über ihnen flog eine Schwalbe und vor ihnen lag der Weiher. Grün und leuchtend.